冯辉丽 著

册页晚

古书法名帖里的

禅意之美

Ancient
Chinese calligraphy

江苏凤凰文艺出版社
JIANGSU PHOENIX LITERATURE AND
ART PUBLISHING, LTD

CONTENTS 目 录

春卷

杨凝式《韭花帖》：春韭绿，韭花白 …………… 003

苏东坡《啜茶帖》：壶天自春色 ………………… 011

黄庭坚《苦笋赋》：食笋记 ……………………… 020

欧阳修《灼艾帖》：聊赠一枝艾 ………………… 029

王羲之《兰亭集序》：兰亭雅集 ………………… 037

郑板桥《沁园春·恨》：一庭春雨瓢儿菜 …… 046

文徵明《落花诗帖》：落花人独立 …………… 054

夏卷

蔡襄《暑热帖》：暑热，不及通谒 …………… 067

米芾《值雨帖》：风雨故人来 …………… 076

八大山人《河上花歌帖》：一帖河上花歌 …… 085

倪瓒《淡室诗帖》：清泉煮白石 …………… 095

柳公权《尝瓜帖》：瓜瓞绵绵 …………… 105

陆机《平复帖》：忽有斯人可想 …………… 113

黄公望《富春山居图题跋》：一山清凉境 …… 122

秋卷

怀素《食鱼帖》：蠹鱼不是鱼 …………… 133

宋徽宗《闰中秋月帖》：谁共我，醉明月 ……… 141

赵孟頫《秋深帖》：一笺秋风凉 …………… 151

徐渭《煎茶七类》：煎茶记 …………… 160

郑虔《柿叶书》：柿子红了 …………… 170

米芾《道林帖》：道林之客 …………… 180

吴昌硕《石鼓文》：何处觅苍凉 …………… 188

冬卷

汪士慎《不知帖》：一目看梅花 …………… 199

黄庭坚《花气薰人帖》：花气薰人欲破禅 …… 209

张旭《肚痛帖》：能饮一杯无 …………… 217

褚遂良《枯树赋》：西风独自凉 …………… 226

史浩《霜天帖》：霜满天 …………… 235

王羲之《快雪时晴帖》：快雪时晴 …………… 242

王献之《送梨帖》：晚雪，送梨三百 …………… 251

SPRING 春卷

如花在野,如草生堤堰。记得来自何处,才知去向何方。

杨凝式《韭花帖》：春韭绿，韭花白

韭花的气味，不是每个人都能接受。不爱吃的人一箸也不夹，嫌它味冲，唯恐避之不及，爱吃的人视为佐餐佳肴，每天吃也不厌。

元代许有壬有一首《韭花诗》，对野韭花大加赞赏，说其香超过姜桂，味道胜过荤蔬，甚至比肉还好，就想收一把韭菜籽种上，这样天天都能吃到韭花了。

给杨凝式送韭花的是谁，无据可考。是不是野韭花，也无法确知，但可以肯定，一定是知他喜好，才快马加鞭地送来，从此落笔入了帖，韭气浓郁千年不散。

古代称韭花叫"菁"。

是韭之菁华。或者，也可以是草下青青。

春风陌上，韭芽拱着松软的泥土，齐刷刷冒出一片嫩绿，施

施然，野逸舒展，一派魏晋风流，倘若再得一场雨，就有点拿捏不住了，韭叶裹着淋漓水气疯长，一地鼓噪的绿意。

在乡间，韭菜被称为"懒人菜"，割了一茬又长一茬，只要不伤及根系，冬天用土盖起来，春天一来就又开始长。相对于那些收了还要再种的蔬菜，韭菜还真是让人省心。所以《说文》里有这样的解释：韭，菜名，一种而久者。

剪春韭，是古人召饮的谦辞。很含蓄，但极具诱惑力，当年南齐文惠太子问文学家周颙："菜食何味最胜？"周颙毫不犹豫，立刻答说："春初早韭，秋末晚菘。"

夜雨剪春韭。

杜甫的诗《赠卫八处士》，这一句读来最美，后面紧跟的一句"新炊间黄粱"，作为对仗，也好，但是通读整首诗，终是担荷了太多的情绪起伏，因此我只记住了这两句。天真，烂漫，尘世烟火里，不落俗套的好。

立春，东风解冻，鱼陟负冰，民间有食春盘的习俗。

节令撵着物候走，碗盘的果腹之物，除了温饱，还要一个鲜字。正月葱，二月韭，三月苋，四月蕹，五月匏，六月瓜，七月笋，八月芋，九月芥，十月芹，子月蒜，腊月白。天下至味，不过一碗朴素家常饭。

韭的吃法很多。《山家清供》里有一道菜，柳叶韭。做法很简单，嫩柳叶少许，和韭菜一起焯过，用姜丝、酱油、滴醋拌食，特别提到了一句，春韭尤佳。又说，杜甫诗中的剪春韭，并非剪之于畦，而是厨房里的忙碌——割回来的春韭码齐后，剪掉韭叶，留下韭白，放到沸水里焯一下，投入冷水中，凉拌食用，味道清美可口。

但我还是觉得，持一把小剪，到春夜的菜园子里，剪一把水灵灵的韭，更多新鲜和诗意。就像汉代的郭林宗，友人晚上突然来访，冒雨到后院的围畦里，割上一把韭菜，做炊饼款待他。盘膝落座，欣然相对，聊旧事，话桑麻，一窗淅沥雨声响上一夜都不觉得长。

龚自珍若是生在汉代，也许会与郭林宗成为知己，万人丛中一握手，使得衣袖三年香。只可惜生在清代，万马齐喑究可哀，空守着一畦春韭绿，没有谁叩门来访。

那年春天，也是一个雨天，看着一围绿汪汪的韭，龚自珍想起了老友吴虹生，转身回到书房提笔写了一封信，"今年尚未与阁下举杯，春寒宜饮，乞于明日未刻，过敝斋翦韭小集。"

一个"乞"字，看得我心里一软。

我印象里的他，才高气傲，怨去吹箫，狂来说剑，一箫一剑平生意，负尽狂名十五年。却原来岁月深长，箫剑入鞘，骨子里仍是尘世间最朴素的愿望，一念起，才也纵横，孤独也纵横。

《与吴虹生书》，他一共写了十二篇，一书比一书恳切，及至十二，更不掩饰，"江春靡靡，所至山川景物，好到一分，则忆君一分。"

据说,早年因为书法不好,他屡试不第,但从他留下来的书札来看,并非多么糟糕,只是不符当时书体的规范,被考官以"楷书不中程式"为由,判定为不合格。几经波折,中年以后才做了一个小官。

他在居所大门上题"积思之门",寝室之门上书"寡欢之府",书桌上刻"多愤之木",写诗劝天公重抖擞,不拘一格降人才,又让妻妾、女儿、仆人们都练习书法。若有人提起翰林,他便嗤之以鼻:翰林何足道哉,我家妇人字都写得好,没有一个不能入翰林的。

他与吴虹生戊寅同年,己丑同年,同出清苑王公门,殿上试同不及格,同官内阁,同去地方任职,又同日还原官,为此他写过一首诗:"事事相同古所难,如鹣如鲽在长安。从今两戒河山外,各逮而孙盟不寒。"

鹣为鸟,鲽为鱼。鸟比翼齐飞,鱼比目而行,比喻的是人与人之间的感情深厚。

他辞官离京的那天,城门七里以外,吴虹生站立桥头,设茶相送,两人叙旧祝愿,洒泪而别;樽前月下,吴虹生也曾约他相聚,而他因为当时事务繁杂,焦头烂额,没有对月对酒的悠闲心境,未能成行。

吴虹生有没有来赴这一场"翦韭小集",不得而知。人生里,总有太多的不确定,因为忙,因为路途远,这样或那样的羁绊,推迟了日期，或者婉言谢绝不来赴约，都有可能。

韭菜春食则香，夏食则臭。

夏天的韭，叶脉纤维里有了韧劲儿，这时候倘若谁想效仿一下，逞一时之兴，剪韭小集，多半会以尴尬收场。"六月韭，臭死狗。"那浓重而有侵略性的味道，从喉管一直汹涌到唇齿，促膝而谈，只怕彼此都会嫌弃。

韭逢佳期，再得良人相顾，犹如伯牙遇子期。高山流水，不是雅人深致，彼此的灵犀和懂得才是人间佳话。

所以，杨凝式写《韭花帖》时，落笔之间尽是欢愉。

那是一个午后，他睡了一觉醒来，饥肠辘辘，正琢磨着要吃点什么，有人送韭花过来。

韭花作调味，涮火锅，浇豆腐脑，或者夹在新出锅的白馒头里，都好吃，杨凝式喜吃荤，首选的是"肥𦍌"，𦍌，是出生五个月的羔羊，肥而嫩，不仅饱了口福，还勾得他一番由衷感念，拈了纸笔道谢。

他写得郑重而深情——"铭肌载切"。

却非文人惯常的夸张，一盘韭花，确是家常而普通，于他来说，却是弥足珍贵。

他生逢五代，历史上朝代更迭频繁的年代。一朝天子一朝臣，功名利禄，钟鼎繁华，翻手为云，覆手为雨，岁月静好，是枕头上的南柯一梦。眼见它高楼起，眼见它大厦倾，能保得身家性

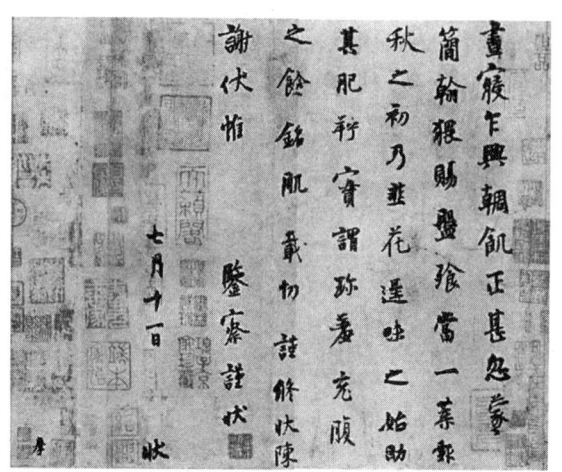

昼寝乍兴,辄饥正甚,忽蒙简翰,猥赐盘飧,当一叶报秋之初,乃韭花逞味之始,助其肥羜,实谓珍羞,充腹之馀,铭肌载切,谨修状陈谢,伏惟鉴察。

谨状。七月十一日,状

命的安稳，已是上苍的福佑。

他出生在癸巳年，自号癸巳人，又有字号，景度，虚白，希维居士，后来闲居关西，又自称"关西老农"，扬名于世的，却是一个绰号——"杨疯子"。

我在故纸堆里翻了又翻，没看到他有什么出格的行为。相反，岁时的倥偬流转，显露出他的敦厚和慈悲。冬日天寒地冻，他将朋友送的一批帛绢转送给两个寺庙，做袜子给僧人们穿，夏日溽暑难耐，他躲在山中避暑，身体安泰，想到寺院僧人诵经辛苦，遂差人送去酥蜜水。

酥蜜水是何物？古书里没有记载，字面上来看，该是上佳的解暑饮品，他的《夏热帖》，虽残缺不全，但分明能看到一份歉意，酥似不如也。

有人将他在墙壁上书法归咎于疯，一见墙壁整洁干净，就行笔挥洒，且吟且书，居洛阳十年期间，题写了两百余所寺院的墙壁。倘若这也算疯的话，我觉得该是"雅疯"。

大时代的涡轮下，个人力量承担不起国家兴亡，只能借此明哲保身，这一点，其实人人心知肚明。坐拥天下的皇帝们未必不知道，只是惜他有文词，善笔札，装着糊涂不说破，准他登进士第，任秘书郎，官至少师太保。否则，肃穆朝堂玉阶上，怎会容得下一个疯人？恐怕早死无葬身之地了。

世人尽学兰亭面，他也学，也向往那个饱满亮烈的年代。书法人物众多，隶楷行草，各尽其妙，风雅互赏，而五代以来，因为动荡离乱，文采风流扫地，人人惶惶不安，如履薄冰，他因为一次偶然的装疯躲过灾祸，从此学会了委曲求全，以"疯"示人。

书法是他孤独时的慰藉，疼痛时的释放，长歌当哭时的体面和尊严。他周旋在红尘乱世中，疯得清醒而卑微，隐忍而节制，一支笔见自己，见天地，见众生，最终成就了自己的书法艺术，孤单而骄傲地，撑起了一个时代的书法史。

《韭花帖》，七行，六十三字，乍看不觉得有多好，但越看越喜欢。字里行间的暖意，让它有了更灵动的人情味，让看到的人不禁起了珍重之心，珍藏下来，称它是天下第五行书。

家事，国事，天下事，终归还是要落到食事。

城外北郊，尚有良田三分。种了大葱、萝卜、洋白菜，也种了韭。今夜，梅花过溪桥，我煮了韭叶挂面汤，等你来吃。

苏东坡《啜茶帖》：壶天自春色

煮水，试新茶。

茶生深山，养天地浩然之气，在春天萌发，香氛脉韵都是崭新的。一年一期，一期一会，每次都是不一样。舌尖上的味蕾一道道打开，像蛰伏了一冬的小虫子一样，欣欣然苏醒了。

开门七件事，柴米油盐酱醋茶。茶作为家常饮品，兼具食用和药用，觕茶、散茶、末茶、饼茶，乃斫、乃熬、乃炀、乃舂，贮于瓶缶之中，以汤沃焉，谓之痷茶。

比屋之饮，说的是盛唐气象。家家户户，一脉茶香缭绕，香与香的碰撞中，难免会有一些比较，喝的什么茶，谁家的茶更好，邻里间会互相比一比。及至到了宋朝，上至帝王将相，下至黎民百姓都参与进来，遂发展为"斗茶"。

宋朝书法四家，都和茶有深厚的渊源。

龙凤团茶是北宋贡茶，庆历年间，蔡襄任福建转运使时，专门监制了一种小龙团茶，品质更加精美，名曰"上品龙茶"。

东坡翠竹是东坡创制的一款绿茶。采自峨眉山万年寺后山坡上，形似竹叶，叶绿均匀，冲泡之时汤色碧绿，香郁甘醇。

黄庭坚的家乡，江西双井村是有名的茶乡。茶树高大，树龄古老，常年有云雾于其上飘浮，叶叶片片，长得十分嫩鲜肥美，有"云腴"之称。

米芾没有茶，却也不缺茶喝，是东坡的座上客，有时候也被人邀了去试茶，一盏茶的工夫，紫金狼毫妙笔生花，写下《满庭芳》，至今仍有余香袅袅。

清闲时光，四个人也坐在一起喝茶。彼此熟悉，说话也不迂回客套，想什么就说什么。蔡襄说，闽茶优于蜀茶。黄庭坚说，双井茶有山野之气，是云雾中生长的茶，用茶硙细细研磨成粉末，连雪花也比不上。东坡不服气，要分个优劣胜负。米芾人来疯，看热闹不嫌事大，一递一句，左右撩拨撺掇，一场斗茶就开始了。

泼掉残茶，另起炉灶。山间溪畔，草木扶疏庭院，或者大街上的茶铺，都是斗茶的场所。手边的茶臼、茶碾、茶磨、茶筅、茶帚、茶箩，还有茶炉子，都派得上用场。

斗茶色，茶色贵白，以青白胜黄白；斗茶汤，汤色纯白为上真，青白为次，灰白次之，黄白又次之。

斗水痕。茶碗壁上，水痕先现为负。还有茶百戏，各自施展手段，在茶面上挑针作画，使汤纹水脉成象，禽、兽、虫、鱼、花草，比谁的更纤巧精妙。

古代文人里，东坡最爱斗，和佛印斗禅，和苏小妹斗嘴，和王安石斗法，和司马光斗茶。历史上有墨茶之辩，说的就是他和司马光，茶欲白，墨欲黑；茶欲新，墨欲陈；茶欲重，墨欲轻。两人一边斗茶，一边斗嘴，唇来舌往，问的妙，答的也巧，旁边人莫不叹服。

斗茶又叫茗战。宋朝时普遍流行。两人捉对"厮杀"，或者多人共斗。各取所藏好茶，轮流坐庄，比茶品，行茶令，民间斗技巧，文人斗才华，聪明才智大爆发，一壶茶，郁郁芊芊，柳暗花明，斗出许多花样。

说是雅玩，其实，也有很强的胜负色彩。斗赢的茶作为上品进贡，可得赏赐珠玑满斗，所以范仲淹写《斗茶歌》，胜若登仙不可攀，输同降将无穷耻。

蔡襄擅书法，也擅品茶，撰著有《茶录》，监制的小龙团茶，平常人家有钱也喝不到。只有郊礼祭祀时，皇帝命人剪金箔贴在上面，两府各四人共赐一饼。得赏的人视为珍宝，束之高阁，有佳客登门才拿出来。

和东坡斗茶，蔡襄志在必得。小龙团茶配惠山泉水。路途遥远，舟载车运，水味不新鲜，蔡襄用细沙淋过，滤掉尘污杂味，像新汲的一样。东坡也有巧妙，山涧之竹对半劈开，泉水顺竹节而下，直接流到水缸中，水质洁净，又沾了竹的清幽凉意，一举胜了蔡襄。

听说，在武夷山天心村，斗茶作为一项民俗活动，每年举办一次。我去的时间不对,没有赶上,但是不遗憾,即便去了,大概也是不分伯仲,眼花缭乱。

我不懂茶,也不愿意以优劣贵贱来论。晒,烘,焙,炒,少了任何一个环节都不能成茶,红尘滚滚千帆过,只拿当下的真心相对,人走,茶不凉。

读东坡的《啜茶帖》,起句便是动人:
道源无事,只今可能枉顾啜茶否?
喜欢这个"啜"字,念一念,就觉得唇齿生香。
喝茶太随意,不足以显示盛情;饮茶太矫情,是舞台上的表演,给别人看的;品茶不够过瘾,还没喝上两口,杯子便见了底儿;吃茶倒是新鲜,葱、姜、枣、橘皮、茱萸、薄荷,什么都敢往里面放,甑釜中蒸煮,吃的人围着灶炉,端着饭碗唏嘘而食,感觉不像吃茶,倒像是吃粥了。

能用来啜茶的杯,一定够大,小瓯细盏不禁啜,当然,也不可大过葫芦瓢,否则不是牛饮,而是河马饮了。竹炉汤沸,满满一大杯,一边闲谈,一边啜茶,一屋子热气腾腾的香。

斗茶要人多才够热闹,喝茶却是相反,以客少为贵,客众则喧,喧则雅趣乏。一人得幽,两人得趣,三五人得味,七八人以上则为施茶,随便一把茶叶,烧开了水放进去,解渴而已。

约茶比约酒简单。倘若要约酒,心里得先过遍筛子,想想谁能喝,有几分酒量,不然几杯酒下肚,话没说上几句,人先醉倒钻了桌子,太扫兴。约茶就省事多了,老少咸宜,雅俗不拘,想约谁就约谁。

《致赵梦得一札》中,东坡写:旧藏龙焙,请来共尝。

雨过天晴,又写《与姜唐佐秀才》:当取天庆观乳泉,泼建茶之精者。念非君莫与共之。然早来市中无肉,当共啖菜饭耳。

他这一生交游广泛,达官贵族,村野耕夫,山林渔樵,江湖剑客,落魄书生,上至古稀老叟,下到垂髫小儿,甚至缁衣黄冠方外之人,都有往来,游山玩水吟风赏月,酒困路长漫思渴时,敲门试问野人家,也能讨得一壶茶。

家里的来客,他分两样对待,一是招呼歌妓,奏丝竹之乐,水榭花亭内觥筹交错;一是摒去妓乐,择一处清静,松风竹炉,大瓢贮月归春瓮,小勺分江入夜瓶,也不看更鼓时辰,天南地北聊开去,要的是一个尽兴。

并非势利,有刻意的分别心。人得其所好,物得其所托。茶给懂得的人喝,才有了香清益远,否则,只是一片树叶而已。

晋代王濛便是例子。常约人来家里喝茶。家里的好茶拿出来,一泡接着一泡,一壶接着一壶,喜欢茶的人,坐下来能喝一整天,不喜欢的人,视之为水厄。一听说王濛有请,便相互打趣道,今日又要遭水厄了!

扬州东郊有"个园",牌匾上题字:壶天自春。

是化东坡诗句而来。壶中春色酒中仙,骑鹤东来独惘然。

足不出户，壶大个地方也能体会万川春色，形容的是人心豁然，一壶障目，堪自怡悦，人人都可拈得一段锦绣。百家争鸣是官方说法，说白了，就是一个斗。

放眼望过去，宋朝的这一段历史，写满了斗字，斗茶，斗草，斗鱼，颇多闲情趣味。但也有两党争斗，时间延续之长，斗争之复杂激烈，卷入人数之多，任何一个朝代都比不过，文人几乎无一例外被卷入党争漩涡。

东坡也不例外。

因言获罪，他被下了大狱。幸好宋太祖赵匡胤有不杀文人的遗训，没有粗暴砍头了事，但也是多次遭贬谪，颍州，惠州，儋州，身如不系之舟。精神上的折磨，一点不比肉体轻。

《寒食帖》是他谪黄州三载后所书。

自我来黄州，已过三寒食。年年欲惜春，春去不容惜。今年又苦雨，两月秋萧瑟。卧闻海棠花，泥污燕支雪。暗中偷负去，夜半真有力。何殊病少年，病起头已白。

春江欲入户，雨势来不已。小屋如渔舟，蒙蒙水云里。空庖煮寒菜，破灶烧湿苇。那知是寒食，但见乌衔纸。君门深九重，坟墓在万里。也拟哭途穷，死灰吹不起。

历代鉴赏家对这一帖推崇备至，称为"天下第三行书"。

若东坡九泉下有知，一定会不甘心，再斗上一番：为什么是

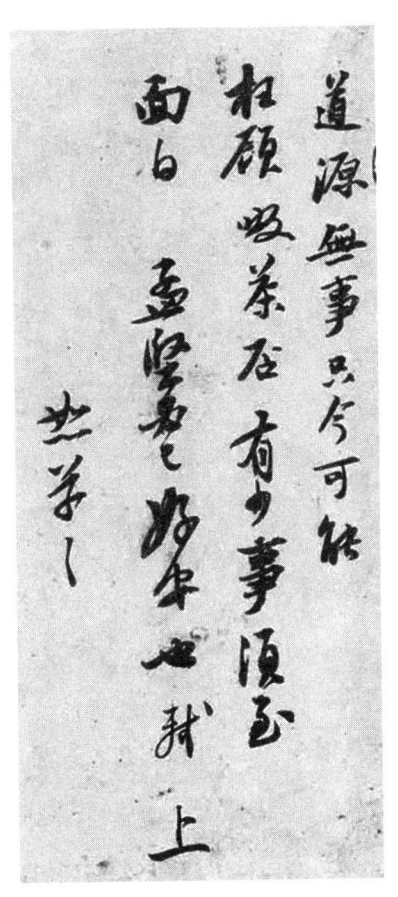

道源无事,只今可能枉顾啜茶否,有少事须至面白,孟坚必已好安也。

轼上,恕草草

第三？ 不是第一，或者第二？ 依据何在？

有人评价他的字"用墨丰腴，肥壮"，形如"墨猪"，且"多有病气，又腕著而笔补，故左秀而右枯"。而他对自己的书法相当自信：可以镶钱祭鬼，后五百年当成百金之值。

寒食，是古代传统节日，在清明节前。

这时节正好可采茶。按节气划分，清明节前采的头茶，称为"明前茶"，芽叶细嫩，色翠香幽，味醇形美，是茶中佳品，因产量稀少，亦是贵如金。

贬官黄州时，他带领家人开垦荒地，种田帮补生计，也种过茶树。还自创了一种饮茶法，每餐后，以浓茶漱口，口中烦腻既去，牙齿也得以日渐坚密。

爱茶的人讲茶道。"闭门独啜，心有愧也。"这是东坡的茶道，抑或者处世之道，独乐乐，不如众乐乐。

众不是泛，不是滥，不是随便什么人都可以山水间共一杯茶。若饮非其人，他宁愿自携茶灶，小灶灯前自煎茶。

书帖中，东坡提到的这三个人，历史上没多少记载，却是他的相看两不厌。

道源是故人，两人常有书信来往；赵梦得是知己，不辞辛苦往来奔走，为他传递家书；姜唐佐是他的弟子，他被贬谪海南时，因其地偏僻蛮荒，教育落后，他设堂教授读书，鼓励姜唐佐参加科举，成为海南第一个举人。

人生在世，雪中送炭是温暖，亦是慈悲，比锦上添花来得更珍贵。也许一生只有一次，而这一次，足以让人刻骨铭心。

年少时喜欢东坡的豪放，出手不凡，词风滂沛，如今大江东去浪淘尽，更爱读他的这些书帖尺牍，三言两语，邻里话桑麻一样轻松随意，又字字透着真性情，无须晚来，也不用等天欲雪，闲着没事，就过来啜茶吧。

酒入愁肠愁更愁，茶不一样，几碗热腾腾的茶喝下去，汗珠子沁出来了，毛孔也舒坦了。暖暖的浑身通泰。

他的儿子苏过，也写过约茶的帖子，很有几分他的风范，可惜的是，用力过猛，乌泱泱一片，读起来只觉啰嗦乏味，又是叩头，又是问起居，半天才进入正题。我看得着急，恨不得掐头去尾，只留这两句：辄分两器，不知可啜否？

今年的茶季，正逢雨季，只采了一天，就开始下雨，水汽大，茶叶香气会弱，友人细细品尝，精心筛选，哪天的茶好喝，就挑了寄我。两包茶，一是大火烘焙的芽叶；一是纯芽，大片茶山，一年也只有十几斤。

她说，山下的房子建好了，推窗即见青山。新茶季必定是忙。她约我，等谷雨末或者夏初，闲下来，山色也正好，可到茶山小住几日，背了竹筐上山采野茶。

茶之味，总有传奇。独爱这一味，细微，体贴，福泽延绵……

黄庭坚《苦笋赋》：食笋记

余酷嗜苦笋。

黄庭坚的《苦笋赋》，开头这一句，就勾住了我的目光。

自小生长在北方，没有山野竹林，没有破土生长的笋，石阶小径，园林深处栽种的竹，只是作观赏用。市场上贩卖的笋，经过长途颠簸，即便冷藏保鲜，也是徒有其形，滋味比起刚出土的鲜笋，差了十万八千里。

读这一赋时，我刚从江西上饶回来。那里的竹真是多。推窗有竹，竹外青山翠。山岭，乡村，稻田篱落，沿途公路两旁，处处可见竹，毛竹，慈竹，麻竹，还认识了一种雷竹，早春打雷即出笋，质地乳白细嫩，味道鲜美。

有了竹，人心里就有了依靠。

住有竹屋，行有竹筏，走路有竹履，落笔有竹简，消暑有竹床,吃饭有竹笋,灶前劈竹作薪柴,烟火日子有了归处,没有丝竹管弦之盛,也可以安顿身心。

远古文字里,"竹"的字形,就像两个人,涤去辕马风尘,并肩而立,天清地旷,无饰无华,天然一方清凉的世界。

这两个人,在我看来,一个是苏东坡,一个是黄庭坚。

苏东坡宁可食无肉,也要居有竹,不只是无竹令人俗,窗扉掩映处,其实还飘着一丝笋香。新笋出林香,好竹连山觉笋香,相携烧笋苦竹寺,长沙一日煨箘笋,又有林外一声青竹笋,坐间半坐白头翁。香气流传在诗行里,一直到现在还浓浓弥漫着。

黄庭坚酷嗜的苦笋,是苦竹的嫩茎,野生于深山之中,单株散生成林,春初开始发笋,抽笋期长达四个月。

也有冬笋。入冬时节,深藏在泥土里生长,被人们发现刨出来时,已尽得山林土壤滋养,肉质紧实,口感比春笋更细嫩,更有嚼头。夏笋就比较少见了。夏初竹笋盛时,扫来落叶就在竹边煨熟,其味最是新鲜,《山家清供》里称之为"傍林鲜"。

苦笋,因其味甘苦而得名。

五味之中,苦味最不讨喜,很多人避而远之。黄庭坚自有妙法,挖回来的笋,剥去笋壳,切成笋丝或笋片,用沸汤泡出苦水,投冷井水中浸二三日,再入锅放醋,煮成酸味,或者,清水洗净沥干,加入干红辣椒,炝炒成香辣味。

得知他经常吃苦笋,朋友们都劝他,偶尔吃吃还行,不能多吃,吃多了对肠胃不好,容易导致腹泻,久治难愈,会让人精神萎靡，身体瘦弱。

黄庭坚自讨苦吃，自然有他的理由：

僰道苦笋。冠冕两川。甘脆惬当，小苦而及成味。温润稹密，多啖而不疾人。

他认为僰道地区的苦笋，是两川地区最好的，甘甜脆口，惬意得当，有小苦但是味道很赞。口感温润，质地缜密，多吃不伤人。

僰道是古县名。唐朝时期，设戎州于僰道，如今在四川宜宾县境。

他是被贬谪到这里的。

《次韵答黄与迪》中，他喟然而叹：我作僰道囚，三年始放归。

黄与迪是他的好友，善画竹，曾将所作的五幅《竹》赠送给他。彼时他正在病中，看到画上的绿竹猗猗，精神一下子好了许多，赞叹竹子有晚节，愿作数百竿，与水石相依，相约病好后与黄与迪在竹园相聚。

囚，是人之拘禁。

四面高墙，严严实实封住了出口，人被困在其中，上天无路，入地无门，阳光晒不进来，风吹不进来。外面孩童嬉戏，猫扑狗跳，繁华笑语，是另外一个世界。墙里狭仄，仅可一人容身，那是一个人的寂寞，也是一个人的孤独。

黄庭坚是苏门四学士之一，与秦观、晁补之和张耒诗词唱酬，园林雅集，以文采风流为一时冠。后来，他被召入京师，因才学出众，几次提拔，人生宏图大展之时，有人弹劾他篡修国史，因此获罪被贬谪。

他知道是遭人诬陷，却也无可奈何。朝堂上新旧党争激烈，山雨欲来，再无夜阑风静縠纹平，苏门四学士，连同苏轼无一人幸免。

身如不系之舟，各自漂泊在路上。

苏轼担心黄庭坚。想着他已达黔中，便书帖询问，起居如何？风土如何？闻行囊中无一钱，途中颇有好事者，能相济否？

对黄庭坚来说，这一路走得艰难又茫然。

崇山峻岭，舟船劳顿，他把困在深山中的自己，比喻成腌在瓮里的咸鱼。好不容易抵达，原定要住的那座寺院，因为要主办一场香火盛会，让他另找住处。几经周折，才有一间破陋的栖身之处。他取名"槁木寮"，"死灰庵"。彼时，他已身如槁木，心如死灰。

日子过得清苦。为官清廉，本来就没有多少积蓄，这下更是捉襟见肘。三餐温饱已是最大的满足。有一年腊月，朋友给他寄了一些山芋，第二年春天他才收到，打开袋子，山芋生了很长的芽。想丢掉又舍不得，儿子提议试着煮一煮吃。于是燃柴生火，煮熟分食，没想到还很好吃。

《山芋帖》中，他记述了这件事，并以此引申今之论人材者，用其所知而轻弃人，言语间多有沉痛和悲凉。

贬谪期间，他写了大量尺牍。不似通常的简短，大多数很长。距离遥远，相见不易，被贬谪的地方，又都是荒僻之地，尺牍往来皆是不便，虽没有烽火连三月，也有家书抵万金。

苏轼给他的书帖中，郑重写下一句：惟倍祝保爱。

僰道为僰人聚居地，风俗迥异，好在景色清佳，七山一水二分田，皆是秀美天然。遇风晴日暖，扶杖于林麓水泉之间，他慢慢开阔了胸襟。僦居城南的时候，他将住所改名为任远堂，任重而道远，修身治家，讲学不倦，四方才子纷纷慕名而来，凡经他指授的人，下笔皆有可观。

打破心因，便有豁然开朗。上可居庙堂之高，下可处江湖之远，春色三分，二分尘土，一分流水，他成就了别人，也成全了自己。

在黄龙山中，黄庭坚得草书三昧，感觉以前所作太露芒角，若得明窗净几，笔墨调利，可作数千字不倦。在黔中时，字多随意曲折，意到笔不到；及来僰道，舟中观长年荡桨，群丁拨棹，乃觉少进，意之所到，辄能用笔。

这是他在《山谷题跋》中，谈到自己在书法上的悟道过程，自言虽比不上古人入则重规叠矩，出则奔逸绝尘，但笔端也有一些相似了。

草书人物中，他最欣赏张旭和怀素。颠张醉素，这两人都有醉酒而书的佳话，黄庭坚不善饮酒，却向往那样的风神洒脱，有人来访的时候，也会畅饮几杯，找一找微醺的状态。

屠苏是岁末之酒，也是他经常喝的酒。中药配方，有酒劲儿，又可祛风散寒、避除疫疠之邪。另外还有一点好：寻常的酒，总是从年长者饮起，屠苏酒却正好相反，是从最年少的饮起，年龄越长越在后面。他觉得别有趣味。

有时候入乡随俗，王公权家荔枝绿，廖致平家绿荔枝，都是当地美酒，山间露水以为味，荔枝绿以为色，颜色碧绿清透，又有芬芳酒滋味。这荔枝绿，据说就是五粮液的旧名。

茶宜寂，酒宜喧，如果没有人一起分享，再好的酒喝起来也是无趣。

城外有山。山下巨石中开，形成天然峡谷，谷底深幽，有清泉缓缓流出，绕谷底没入石中，黄庭坚约文人雅士在此聚会，饮酒赋诗，仿王羲之《兰亭集序》曲水流觞之意境，凿石造势，呈九曲回旋之状，然后引泉水为池，曰"流杯池"。至今还有遗存。

他是北宋著名文学家，诗词皆有造诣，为盛极一时的江西诗派开山之祖。

他作诗重视句法，又注重关键字的锤炼，要字字有来处，还要讲究章法，观古人用意曲折处讲学之，然后下笔，点铁成金、脱胎换骨。

苏轼评他的诗，格韵高绝，像美味的海鲜，让人忍不住要食之殆尽，但是不可以多吃，吃多了就会发风动气。

苏轼是他的老师，对他多有指点，有时也拿他打趣，他性情憨厚，偶尔反驳一句，更多时候埋头读书，他有一句名言，三日不读书，则义理不交于胸中，对镜觉面目可憎，向人亦语言无味。

书读得多了，旁征博引，更是信手而来，典故穿插在诗行中，一个接一个，越发难懂。前瞻后顾，明代王弇州读着读着就动了气，骂他的诗瘦硬，就像驴夫脚跟，恶僧藜杖。

老实说，我也不太喜欢他的诗，但喜欢读他的书帖尺牍，还有一册日记《宜州家乘》，寥寥数语，宜长则长，宜短则短，长的深情，短的有味，灯下闲读，恰如故人万里奔波，归来对影。

在民间，黄庭坚以孝道闻名，《二十四孝图》中，"涤亲溺器"说的就是他。

其中，也一个关于笋的故事。

孟宗，三国时江夏人，少年时父亡，母亲年老病重，医生嘱用鲜竹笋做汤。适值严冬，没有鲜笋，孟宗无计可施，独自一人跑到竹林里，扶竹哭泣。少顷，他忽然听到地裂声，只见地上长出数茎嫩笋。孟宗大喜，采回做汤，母亲喝了后果然病愈。

《苦笋赋》之后，我又读了他《动静帖》《荆州帖》《诸上座帖》《花气薰人帖》，在南昌滕王阁，还看到了他的《松风阁诗帖》，以及《老杜浣花溪图引卷》。

那是杜甫在锦官城时的际遇。虽是流落，弟妹飘零不相见，但有老妻稚子陪着，有园翁溪友作邻居，有酒会邀约一起喝，高兴了有鱼鸟来相亲，喝醉了不坐船也不乘车，就那么一路走着，赏赏野生的李子花，再在墙外的桃花树下歇一歇，等到日暮黄昏，自有家里的那一头跛驴驮他回去。

人逢乱世，官场沉浮，难得一段清静安稳时光。因为感同身受，所以杜甫的漫天诗篇里，他独选了这一首，以草书抄录。草书是他的喜欢，以喜欢之心对欢喜之事，刚刚好。

他这一生，多次贬谪或调任，黔州，僰道（戎州），鄂州，舒州，太平州，伏暑伤冷，并作羸疾，他的身体每况愈下。《伏波帖》就是他在病中写下的，"荆州沙尾水涨一丈，堤上泥深一尺，山谷老人病起，须发尽白。"

他生命的最后一年，是在宜州。

宜州没有亭驿，又没有民居可租，僧舍也不允许住，他只好住在城楼上。夏末秋初，赤日炎蒸，暑气仍是未减。他住的地方狭窄，比别处更多闷热，吃不下饭，也睡不安稳，病倒在床好几天了。那天，下了一点小雨，他心里高兴，搬了小桌小板凳，坐在门外走廊上，像个孩子一样，将脚伸出栏杆外淋雨，笑着说："吾平生无此快也！"

陆游的《老学庵笔记》记录了这一段，刚刚要为他舒一口气，又看到后面还有四个字：未几而卒。

忽然心里一酸，泪水忍不住湿了眼眶。

《苦笋赋》中，他将苦笋比喻成忠臣贤良之士，说的就是他自己吧，一生清苦，生命尽头才有回甘，却是戛然而止。

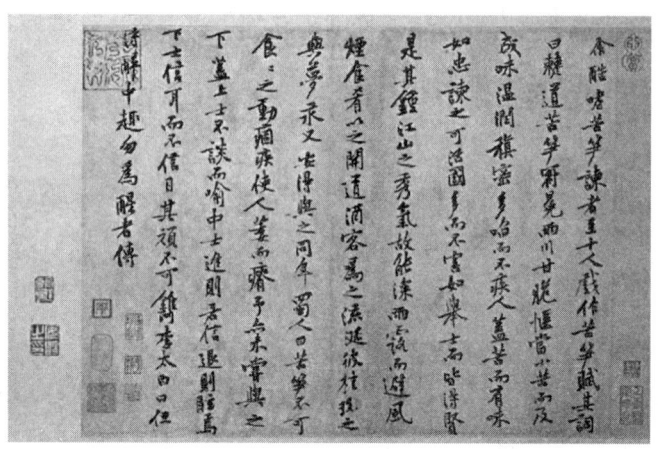

余酷嗜苦笋，谏者至十人，戏作苦笋赋，其词曰，僰道苦笋，冠冕两川，甘脆惬当，小苦而及成味，温润稹密，多啗而不疾人，盖苦而有味，如忠谏之可活国，多而不害，如举士而皆得贤，是其锺江山之秀气，故能深雨露而避风烟，食肴以之开道，酒客为之流涎，彼桂玫之与梦永，又安得与之同年，蜀人曰，苦笋不可食，食之动痼疾，使人萎而瘠，予亦未尝与之下，盖上士不谈而喻，中士进则若信退则眩焉，下士信耳而不信目，其顽不可镌，李太白曰，但得醉中趣，勿为醒者传。

欧阳修《灼艾帖》：聊赠一枝艾

野火烧不尽，春风吹又生。春天里的艾，仿佛只是一夜之间，就由着性子遍地疯长了，满眼全是青绿色。

白居易有一首诗，《问友》：

> 种兰不种艾，兰生艾亦生。
> 根荄相交长，茎叶相附荣。
> 香茎与臭叶，日夜俱长大。
> 锄艾恐伤兰，溉兰恐滋艾。
> 兰亦未能溉，艾亦未能除。
> 沉吟意不决，问君合何如？

白居易有诗魔之称，书上说他写诗刻苦，日午悲吟到日西，以至于口舌成疮，手肘成胝。其实他诗行之外，小日子过得很惬意。种柳，种白莲，种荔枝，种桃杏，又种兰，嫌弃艾的气味臭，他不想种艾，谁知艾在兰的旁边自己长出来，草根缠在一起，茎叶也攀着一起长。想锄掉艾，担心会伤了兰；想给兰浇水，又怕艾得了水滋生更多。

不知道友人是怎么答复的，有没有妙招使出来，如果是问我，那我一定会跑去告诉他，锄下留情，放过那些艾啊。

艾的气味不好描述，但绝不是白居易所说的臭，最多是辛辣之气，虽然有些冲，但一到端午，就派上了大用场。

可以插在家中门楣上；可以艾叶浸酒，小酌一杯；可以剪艾叶为虎形，给孩子戴在头上，或者絮上棉花做成艾衣；还可以煮水沐浴，端午节，古时谓之"浴兰节"，浴兰汤兮沐芳，"若兰汤不可得，则以午时取五色草拂而浴之"，其中便有艾。

端午所在的五月，古人称为"毒月"，因为气候湿润温和，适合苍蝇蚊虫孳生，细菌病毒繁殖，人很容易生病。采艾驱鬼邪、避晦气，是民间的朴素愿望，而艾的辛辣之气，的确有驱蚊虫，禳毒气，治病保健功效。

艾和蒿长得很像，我总是傻傻分不清楚。明朝朱橚大概也是如此，编撰《救荒本草》，将两种混为一谈：野艾蒿，生田野中，苗叶类艾而细，又多花叉，叶有艾香。

采艾要趁早，天不亮就出门，才能采到又干净又新鲜的。曾看过一幅《采艾图》，一个老者戴斗笠，衣袖裤腿都挽着，鞋子上沾着泥巴，抱着新采的一捆艾，一脸得意满足的劲儿，河畔老树下，他想歇一歇脚，又怕有人过来向他讨要，扭着脸往后张望，颇为有趣。

《诗经》里那么多的采，采薇，采荍，采绿，采蓝，采芣苢，采卷耳。山野水滨，采了又采，装满大筐再装小筐，采那么多回去做什么用呢？手摇木铎的采诗官没有交代。也许烹炒，也许凉拌，也许席地而坐，支一小铁锅，煮水焯一下，淋一点豆豉，借用《诗经》雅言，就是春食于野。

这些风雅的野菜，如今都换了名字，漫山遍野躲起来了，而艾还是艾，坐令众芳林，日日生精神。

宋代韩淲《昌甫送艾叶饼》诗云：我爱邻居者，春芽艾叶长。云春和豆实，雾摘带麻香。单看字面，就有炊火生香之意，更有馈赠之美意，有这样的邻居，我也爱。

我还爱吃艾做的青团子。鲜嫩的艾汁，与糯米粉一起调和，包上豆沙馅或者花生芝麻馅，绿绿的松软的皮儿，软糯可口，又有清淡悠长的青草香气。

艾会开花，但是花朵很小，穗状花序碎碎开在枝条上，颜色淡淡的，很不起眼。摘下来放阴凉处摊开晾干，放入棉麻的小香袋，可以驱虫。

若要灼艾治病，就不能现采现用了。

"凡用艾叶，须用陈久者，治令细软，谓之熟艾。若生艾灸火，则伤人肌脉。"所以孟子说，七年之病，求三年之艾。

"苟为不畜,终身不得。"本是孟子谈治国之道的,却也道出了艾与病的关系。艾的药性越陈久越好。平时不注意收集,急用时再去寻求就要误事了。

采来的艾叶太阳下曝晒,捶打过筛制成艾绒,或者绵纸包裹为艾条,经年之后,暴戾之气已去,药性缓和,透诸经而治病邪,《灼艾帖》中提到的艾,就是这一种。

灼艾治病,是古代人民的智慧发明。

远古时期,艾是用来引火种的。举冰朝向太阳,将干艾置于冰后,即得火。

冰封大地的季节里,人们围坐在火边,身体靠近火的地方,被烤得暖暖的。关节疼痛、腰酸腿疼的症状得到缓解,甚至治愈。后来又有了钻木取火,松、柏、枳、橘、榆、枣、桑、竹八木都试过,还是艾的效果最佳。

这一卷《灼艾帖》,是欧阳修写给老友的。

他听长子欧阳发说,老友有恙,曾经灼艾治疗,便书帖询问身体近况如何。

灼艾治病,很多医书里都有记载,要对应人体病痛的穴位,时辰上也要有掌握,还要记得掸灰,艾灰掉到腿上,会烫起一个燎泡。灼字偏旁那一把火,实实在在,有切肤之痛,所以宋太祖灼艾分痛,至今被传为美谈。

而具体疗治效果如何,欧阳修没用过也不知道,所以此帖中

　　修启，多日不相见，诚以区区。见发言，曾灼艾，不知体中如何？来日修偶在家，或能见过。此中医者常有，颇非俗工，深可与之论榷也。亦有闲事，思相见。不宣。修再拜，学正足下。廿八日。

又提到一句,"此中医者常有,颇非俗工,深可与之论权也。"

醉翁之名大概太过入心,一看到欧阳修,脑子里就有一个醉翁形象:苍颜白发,手执一壶酒,坐在众人中间,觥筹交错,一杯接一杯,酒过三巡,酒壶里空了,起身欲寻,一个趔趄,碰落一树梨花雪。

那日闲翻书,偶然看到有关他相貌的描述:瘦小,龅牙,近视眼。瞬间颠覆三观。但人不可貌相。唐宋八大家,他是其中之一。胸藏文墨,腹有诗书,笔底有清峻通脱气象。

书法上他称不上大家。但年少时芦荻作笔,在地上习字,笃之弥深,也有独到见解:不能专师一家,模拟古人,而贵在得意忘形,自成一家之体,否则沦为书奴。

唐朝书法家李邕是他的推崇。勤奋研习,书得笔法,字形上却是各有千秋,绝不相类,是孔夫子的君子之道,和而不同。

李邕尚"法",字形瘦劲,肃然有态,他的字尚"意",意随心动,焦、浓、重、淡、清,墨之五色齐上——一个是王府侯爷,端坐深柳书画堂;一个是逍遥老翁,一副马放南山的萧散和欢畅。

他自言,挥毫万字,一饮千钟。

前一句我信,后一句有点夸张,这么多酒喝下去,不知道醉不醉。醉酒的人从不说自己醉,有时是酒不醉人人自醉。

据说任扬州太守时,每年夏天,他都会携客到平山堂,派人采来荷花分别插于盆中,然后放在来客之间,叫歌妓取荷花相传,依次摘花瓣,谁摘掉最后一片,就罚酒一杯。

醉翁之意不在酒,一杯一杯复一杯,喝到最后,众人皆醉他独醒。藏书一万卷,金石一千卷,琴一张,棋一盘,酒一壶,国事、家事、文事、风流事,事事有他。

这一卷《灼艾帖》,想必也是带着酒意写下来的。顿挫起伏,转折迂回,像风一样无形,像水一样波浪,绵如虬枝,细如卧蚕,豪气里带着柔情,从容里带着迫切,思相见,思相见,不知故人何时来。

《诗经》中写:彼采艾兮,一日不见,如三岁兮。

《春秋左氏传》写:若见君面,是得艾也。批注曰:"艾,安也。"

文天祥《端午即事》,亦是碎碎念:五月五日午,赠我一枝艾。故人不可见,新知万里外。

山高路远,车马迢迢,翻过两座山走过五里地,一缕想念被似水流年拉得漫长,斑驳门楣上,那些插起的艾犹如一剂良药,可一解桨声灯影里泛开的新愁与旧梦。

我的抽屉里也有艾。

从小体质偏寒,一到冬天,手脚冰凉。中医推荐灼艾,一种清艾,艾绒纯净细软。还有一种是药艾,掺入干姜、丁香、独活、细辛、白芷、苍术、川椒,药力更为强悍。

晚饭过后，燃上一支。艾草药性，借着火头的热力，慢慢渗入肌肤，再游移到骨缝深处，整个身体都暖起来，像有一小罐火，微微烘烤，额角沁出一层细细的汗。

中医博大精深，天下草木皆可入药，医理穴脉，道可道，非常道。若欧阳修与故人得见，很想听他们探讨一番。

艾有很多名字，萧茅、冰台、遏草、蓬蒿等等，药用之外，还有很多实用价值。比如染料，或者作印泥原料。

古书里有制作方法，艾草晒干，置石臼内反复捣碎，筛去灰尘及杂梗，焙燥，拌入朱砂和麻油。这样制出的印泥，红而不燥，韧性十足，可保存数百年不褪色。

《灼艾帖》上那些红色的印迹，不知道是否缭绕过一缕艾香？

端午节，和母亲一起包粽子。母亲手巧，泡枣浸米劈线，裹得像小菱角一样，煮上两大锅，每年都要给我许多，放到冰箱里，可以吃很长时间。

今年做的香囊简单，不要白芷、紫苏、薄荷、藿香、丁香、石菖蒲、金银花，只到药店称了一些艾叶，剪碎过筛摘捡干净，一针一线缝到棉麻小袋子里，驱蚊、醒脑、通窍，是一味药，也是一年的祝福。

"艾"与"爱"同音，年年有艾，爱就绵绵不断。

王羲之《兰亭集序》：兰亭雅集

三月三，吃花煎。

煮盐水，倒入糯米粉，揉面擀饼，锅中抹少许素油，小火煎至透味，翻过来，放上两三朵花，浅白深红，着绿衬紫，只看颜色，即可使人胃口大开。

这一天，古称上巳节。诸多风俗里，我觉得这是最好的一个。暮春时节，草木扶疏，树下落花成阵，拂了一身还满。做什么用？扫了扔垃圾可惜，效颦黛玉葬花又太伤感。不如做花煎，裹口腹之欲，一箸入口，唇齿留香。

古时候，每逢这一天，女人们就会带着燔铁出门，采花做花煎。也有那心思慧巧的女子，雇市中卖馄饨的人担锅灶前往，温酒热菜，又携一只砂罐去，用铁叉串住罐柄，悬于行灶中，加柴火煎茶，春风陌上，素心相对，花香茶香弥漫，一盏浮世清欢。

这一天，漫山遍野都是热闹。少年们风乎舞雩，踏青于野，女孩们盘发插笄，行成年礼，官民人等聚集水边，手持兰草撩水于身，修祓禊之事。青衫红袖，弱冠苍颜，遵循着上古遗风，沐浴插柳，歌圩饮宴，水上浮枣，一直到夜静更深，月上柳梢头才尽兴而归。

女人们做的花煎，不知道王羲之有没有吃过。史书上没有记载，即使是吃了，大概也不屑记上一笔。君子远庖厨，春服既成，早打马乘车，赶赴一场盛大的集会了。

地点选在绍兴城外的兰渚山下，一处风雅之地——兰亭。

相传春秋时，越王勾践曾在此种植兰花，汉时设驿亭，故名兰亭。

崇山峻岭，茂林修竹，无郊外原野之纷纷，也无闲杂人等来扰，更妙的是，青翠竹林深处，有一泓清澈水流，穿崇岭，绕幽谷，依着山涧流淌下来，不急不缓，不深不浅，恰可以曲水流觞，添一份欢愉，助一助雅兴。

群贤毕至，少长咸集，列坐溪水两岸，置酒杯于水上。那酒杯有木制的，小而轻，也有陶制的，形状椭圆，两侧各附有一耳，就像一对羽翼，使一片大树叶托着，顺水漂流，停在谁的面前，谁就伸手捞起来，把酒杯中的酒喝掉，然后即兴赋诗，若赋诗不成，则要罚酒三杯。

是日也，天朗气清，惠风和畅。游目骋怀，酒兴遣着诗兴，一杯接一杯，一首复一首，共得诗三十七首，汇成一集，由王羲之作序。

　　楷书太正，篆书太古，草书又不够庄重，只有行书，才可以情之所至，笔之所到。王羲之才气渊博，蚕茧纸，鼠须笔，写得滂沛而放达，工整由他，潦草了也将就，写漏了就在旁边添上一笔，写错了就用浓墨勾抹，一篇《兰亭集序》就这样一气呵成。

　　有人说，兰亭雅集的背后，存在政治因素的推动。王羲之所处的时代是政治极为严酷、社会急剧动荡的年代，王羲之邀文人名士共商对策，实际是一次秘密的军事政治集会。

　　对这个说法，我有一些怀疑，因为在此之后，史书上再没有与之相关的记载。后来又看到一个说法，这一次兰亭雅集，是王羲之为了安慰丧妻后不吃不喝的谢安召集的。

　　就此查了一些资料，没有找到谢安妻子亡故的日期，但在查找的过程中，渐渐也有一些明朗。

　　王羲之和谢安，两家都是东晋最有名的望族，还结了姻缘。两人经常一起游览山水，写诗作文，谢安还曾跟王羲之学行书，偶尔也有书信往来。

　　谢安生性闲雅温和，整日读书习字，对做官没有兴趣，多次拒绝朝廷征辟。王羲之约谢安一起登上城墙，以夏禹和周文王为例，劝他出仕，为国家效力，谢安还是托辞不肯。后来国家战乱四起，社稷危艰时，谢安东山再起，淝水之战，以少胜多，打败了号称百万的前秦大军，在历史上留下了一页辉煌。

王羲之《兰亭集序》：兰亭雅集

永和九年,岁在癸丑,暮春之初,会于会稽山阴之兰亭,修禊事也。群贤毕至,少长咸集。此地有崇山峻岭,茂林修竹;又有清流激湍,映带左右,引以为流觞曲水,列坐其次。虽无丝竹管弦之盛,一觞一咏,亦足以畅叙幽情。是日也,天朗气清,惠风和畅,仰观宇宙之大,俯察品类之盛,所以游目骋怀,足以极视听之娱,信可乐也。

夫人之相与,俯仰一世,或取诸怀抱,悟言一室之内;或因寄所托,放浪形骸之外。虽趣舍万殊,静躁不同,当其欣于所遇,暂得于己,快然自足,不知老之将至。及其所之既倦,情随事迁,感慨系之矣。向之所欣,俯仰之间,已为陈迹,犹不能不以之兴怀。况修短随化,终期于尽。古人云:"死生亦大矣。"岂不痛哉!

每览昔人兴感之由,若合一契,未尝不临文嗟悼,不能喻之于怀。固知一死生为虚诞,齐彭殇为妄作。后之视今,亦犹今之视昔。悲夫!故列叙时人,录其所述,虽世殊事异,所以兴怀,其致一也。后之览者,亦将有感于斯文。

《世说新语》中,记载了两人的一段对话。

谢安说,人到了中年,总是容易感伤,不要说生死,就是和亲友离别,都常常心中难过好几天。

王羲之答得也伤感,到了晚年,都是会这样,只能借助竹丝管弦,从悲伤中解脱。还总怕儿女发觉,破坏了他们的兴致。

《兰亭集序》中,王羲之特意提到一句,无丝竹管弦之盛,一觞一咏,亦足以畅叙幽情。

他邀请来雅集的宾客,谢安是其中之一。那天有很多人赋诗不成,被罚了酒,谢安赋诗两首,第二首最末一句,"万殊混一理,安复觉彭殇。"

天下万物虽有不同,但遵循自然规律的道理是一样的,这样看来,长寿的彭祖和早亡的人没有什么分别,也不用为生死而悲伤了。

《兰亭集序》一大段文中,王羲之写"修短随化,终期于尽",相与上下而成之,并引用了一句古人云:"死生亦大矣。"

书法史上,王羲之是站在最高峰的人。

很小的时候,就知道了他的名字。书法课上,老师说起他来最是动情,推荐他的字帖给我们看,还把"之"字都挑出来,描摹在黑板上。那些字形真是好看,一个飘若浮云,一个矫若游龙,一个仿佛兮若轻云之蔽月,一个飘摇兮若流风之回雪……

有时候看得起心动念,恨不得一步迈进去,回到永和九年,铺草藉席，劳他老人家赏光，再添个杯，哪怕赋不出诗被罚酒三杯，或者做个书童，在旁边置杯斟酒，也是心甘情愿。

只可惜，我这厢留恋缱绻，他那头已兀自泼了残墨，扬长而去。

魏晋风流，前无古人，后无来者。如明珠一颗，照破山河万朵。

世人心摹手追，哪里能追得上呢？得其形者，不得其意，得其意者，不得其神，结字灵活多变，章法根本无法掌控。董其昌临写《兰亭集序》，第一笔就露了怯，心里的那份拘束放不开，软塌塌的堆上去，只见皮毛，不见骨肉，远不如他自己的书帖精妙。

连王羲之自己都无法复制。临写数十遍，却再也写不出当时的气韵了。那本是一种无意之举，以刻意对无意，少了疏阔放达，多了小心和拘谨，越想写好，越放不开手脚，自然是功亏一篑。

唐太宗李世民喜爱书法，对王羲之的字尤其偏爱。派使者四处寻访，又让御府金帛悬赏征集，得来许多王羲之书迹，唯独没有《兰亭集序》。

越得不到，越是念念不忘。太宗为此魂萦梦绕，夜不安席。后来得知，《兰亭集序》自写成后，王羲之十分珍爱，作为传家之物传给子孙，王羲之第七代孙智永，精勤书法，对之更是珍重，临去世时，传给了弟子辩才和尚。唐太宗先是许官职换取，不成，又派御史萧翼扮作穷书生，来到寺院，与辩才和尚谈诗论文弹琴下棋，骗得信任，然后趁其不在，从房梁上盗走。

这个故事后来被人描摹成画，又写成了《赚兰亭》的剧本，更添一分传奇色彩。

《兰亭集序》被誉为"天下第一行书"，我们现在看到的，是历代名家摹本，真迹据说随太宗葬于他的陵墓，此后再无人得见。

民间节日中，上巳节是很古老的一个。专家考证，远在殷周时就已经形成，修禊，游春，射雁司蚕，互赠香草，热闹非凡。兰亭雅集后，雅集之风日盛，成为文人雅集的象征，不断被后人模仿。

初唐四杰之首的王勃，模仿王羲之兰亭雅集，在云门寺主持了一次修禊活动，并仿《兰亭集序》写了一篇《修禊序》，感觉意犹未尽，同年秋天，在云门寺再次修禊。

也有人仿着仿着就走了样。元代画家倪云林在友人家会饮，当时席上有歌妓侑酒，友人酒兴大发，脱掉歌妓的鞋子，把酒杯放到里面，让在座的宾客传饮，名曰鞋杯。倪云林素有洁癖，看见后大怒，推案拂袖而去。

于右任是民国四大书法家之一，自号太平老人。七十一岁那年，上巳节，他约集诗人们修禊于台北士林园艺所，因该所养了很多兰花，榜其室曰"新兰亭"。四年后，又约诸位同仁再次修禊。

他自知年迈，生不能归根，魂亦要还乡，日记中写道，我百年后，愿葬于玉山或阿里山树木多的高处，可以时时望大陆，我之故乡,是中国大陆……又加注云,山要高者,树要大者。大约是怕子孙难觅,十日后日记又云,葬我于台北近处高山上亦可,但是山要最高者。

高山仰止,景行行止。虽不能至,心向往之。

于右任原籍陕西三原县,很古老的一个县城,有一千五百多年的历史。北魏时期置县,因境内有孟候原、丰原、白鹿原而得名。

春末夏初,因事前往,访于右任纪念馆。册页上登记,工作人员开了灯,留我一人慢慢看。墨迹琳琅,寂静照鉴,就这样一字一画,溶溶漾漾,柔软在光阴的最深处。

于右任创标准草书,笔墨遒劲苍润,古雅灵动,被誉为"当代草圣",留下很多书法作品。倘若草书一卷《新兰亭集序》,也该是一件美事。

郑板桥《沁园春·恨》：一庭春雨瓢儿菜

清明前后，种瓜点豆。

苏北小镇，泥土松软的庭院里，郑板桥种竹，种兰，种扁豆，又种了一畦瓢儿菜。

瓢儿菜，菜如其名，叶子向外翻卷过来，有点像一个小瓢，是他喜欢吃的素菜，锅里倒入少许猪油，大火焓炒，加盐调味，嫩嫩的，一碗碧绿生青，鲜美可口。

清朝画家石涛也喜欢吃。设色纸本，画一轴《瓢儿菜图》，题识：南京大好瓢儿菜，三个时钱足饱餐。却笑清湘贫彻骨，馋来写向画中看。引首：一庭春雨。

清明时节雨纷纷，搬一把木凳子坐在屋里隔帘望雨，"一庭春雨瓢儿菜，满架秋风扁豆花"，这顺口吟出来的句子，连郑板桥自己都觉得绝妙，横竖凑不成一首诗，索性当作对联，镌刻在木门两边。

他出生于没落书香人家,自小家境贫寒,惯吃粗茶淡饭,书法也浸染烟火气,但是不俗。稻穗黄,充饥肠,菜叶绿,作羹汤,几点濡濡墨水,便是一幅大大文章。

今天读到的,是他的一帖《沁园春·恨》。

沁园春是词牌名,始于晚唐,又名东仙、寿星明、洞庭春色。沁园,是沁水公主之园,东汉初年明帝所赐,大将窦宪恃皇后声势夺园。历代多有修葺,宋朝时名冠京城。园主募人载送奇石,构堂引水,环以花草佳木,为当时名士大夫宴乐之所。

觥筹交错,曲终人散,苏轼创新格调,拈来用作词牌,题为《赴密州早行马上怀子由》。当时苏轼去密州赴任,弟弟子由在济南,原打算绕道前去看望,但没能如愿。

流年易逝,寸心易感。诗人们依着词调韵律,平平仄仄平平,纵鸾笺万叠,难写微茫,谩惹起新愁压旧愁。

取乌丝百幅,郑板桥淡烟古墨纵横,书写恨意:

花亦无知,月亦无聊,酒亦无灵。把夭桃砍煞,断他风景;鹦哥煮熟,佐我杯羹;焚砚烧书,椎琴裂画,毁尽文章抹尽名。

区分来看,词比书法更有冲击力。词是一瞬间的情感爆发,滔滔恨意,像台风扫寰宇,一路横扫过来,书法于纸上却是不温不火,如微风过竹喧,递梅吹雪,朗朗明月之入怀。应该是后来抄录的。

文人多恨。三恨，五恨，七恨，清人张潮撰写《幽梦影》，说人生有十恨，一恨书囊易蛀，二恨夏夜有蚊，三恨月台易漏，四恨菊叶多焦，五恨松多大蚁，六恨竹多落叶，七恨桂荷易谢，八恨薜萝藏虺，九恨架花生刺，十恨河豚多毒。

恨是爱的反义词。爱有多深，恨就有多深。

《沁园春·恨》是他出仕前落拓之作。

他是扬州兴化人。兴化有三郑氏，一家是打铁的，为"铁郑"，一家是卖糖的，为"糖郑"，他家住在板桥附近，为"板桥郑"，板桥由此成了他的号，人们都喊他郑板桥。

他的父亲是私塾先生，博览经史子集，给他起名郑燮，本义为谐和，出自《尚书》一句，燮友柔克，又有一句"沉潜刚克，高明柔克"，教的是为人处世之道。他反其道而行之，字克柔。

家境寒素，他不能执御执射，又不能务农务商，救贫之策只有读书。日夜攻苦，面壁发愤，赴秋闱三次仍不幸名落孙山。

他以书画闻名于世，世人称羡，他却引以为羞，认为大丈夫不能立功天地，字养生民，而以区区笔墨供人玩好，是庸俗之事，只因少而无业，长而无成，老而穷窘，不得已为之，借此养家糊口，筹措充饥御寒之资。

他刻有一方印章，"康熙秀才、雍正举人、乾隆进士"。

仕途的道路上越走越悲凉，年逾半百，鬓染微霜时，才做了一个小小的县令。

任山东潍坊县令时,灾荒连年,田中颗粒无收,百姓吃不上饭,流离失所,他多次请求开仓赈灾,都没有得到批复。担心百姓饿死荒野,他擅自打开官仓放粮,又捐出自己的俸禄,动员乡绅们出资修筑城池,让饥民们以工代赈,终于度过灾荒。

《板桥小传》里说他,在任十二年,囹圄囚空者数次。因为岁饥为民请赈,忤逆了上司,遂摘掉乌纱,辞官归乡。走的那一天,百姓遮道挽留,家家画像以祀,并为他建了祠堂。

作为扬州八怪之一,他的怪处有二。

其一是性情行为。平生好骂,见乡墨则骂举人不通,见会墨则骂进士不通,尤好骂秀才,认为是推廓不开的假斯文。终日作字作画,不得休息,便要骂人。三日不动笔,又想一幅纸来,以舒其沉闷之气,有人请他作画,他偏不画,没人来索画,偏又要画。

其二是书画。一扫当时书画苑流行之风,下笔别自成一家,以隶书笔法形体掺入行楷,作字如画兰,波磔奇古形翩翩;画兰如作字,秀叶疏花见姿致,挺然而秀出于风尘之表,别具一种书法意趣。

他有一种书体,形似乱石铺街,我以为用来写《沁园春·恨》更好。不必掩饰和压抑,不必墨色均匀工整精致,直接书写出来就好了,就像颜真卿的《祭侄文稿》,峭拔多变的线条与蔓延的情绪缠杂在一起,不计工拙,无章法可言,错了可以涂改,比笔墨技巧更打动人心。

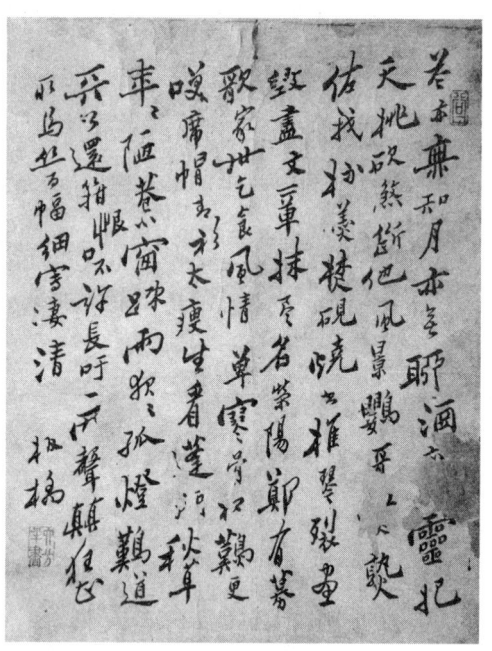

花亦无知,月亦无聊,酒亦无灵。把夭桃砍煞,断他风景;鹦哥煮熟,佐我杯羹。焚砚烧书,椎琴裂画,毁尽文章抹尽名。荥阳郑,有慕歌家世,乞食风情。

单寒骨相难更,笑席帽青衫太瘦生。看蓬门秋草,年年陋巷,疏窗细雨,夜夜孤灯。难道天公,还箝恨口,不许长吁一两声?癫狂甚,取乌丝百幅,细写凄清。

我最早知道他，是因为一幅书法作品：难得糊涂。

传说有一年，他到莱州云峰山，观摹碑林碑刻，流连忘返，误了下山的时间，借宿在一处茅草屋。屋子主人自称"糊涂老人"，摆酒款待，借着酒兴，他在砚台题写了"难得糊涂"。

端详那字形，大小不一，歪斜不整，仿佛是四个人小聚，青梅煮酒论英雄，喝得多了不胜酒力，一个个都打着趔趄，站立不稳的样子，但是没有醉，只是微醺，飘飘然，后面又补写了一句："聪明难，糊涂尤难，由聪明转入糊涂更难。放一箸，退一步，当下心安，非图后来福报也。"

传说也许不实，但他是真的爱酒。认为味之美者莫如酒，镌刻一枚闲章：酒痴。

《范县署中寄郝表弟》中，他谈的是饮酒之事。范县民风淳朴，衙署里讼案稀少，闲来唯有饮酒看花，喝醉了就击桌高歌。妻子劝他少饮酒，他知道是善意，但就是戒不掉。于是改到晚上喝，每晚罄十壶，而后沉沉睡一觉，次日清晨起来酒醒了再到衙门里去。

郝表弟是他的酒友，信中邀约见面，说如果肯来，定当扫榻相迎，共谋痛快。

案牍劳形，坐衙斋中，有时忙里偷闲，置酒壶，具蔬碟，摊《离骚经》一卷，且饮且读，悠悠然神怡志得，几乎忘了此身在官。《潍县署中寄李复堂》中，他说，为了求官之故，有酒不饮，有口不言，自加桎梏，自抑性情，这和墟墓中死人又有什么不同？

辞官后，他回到扬州，一肩明月，两袖清风，乐得逍遥自在。

靠手艺吃饭，街边摆个地摊卖字鬻画，并撰写书画润格，明码标价，"大幅六两，中幅四两，小幅二两。书条、对联一两。扇子、斗方五钱。凡送礼物、食物，总不如白银为妙。公之所送，未必弟之所好也。送现银则心中喜乐，书画皆佳。"

他定下规矩，不收礼物，亦不赊欠，"礼物既属纠缠，赊欠犹恐赖账。年老神疲，不能陪诸君子作无益语言也。"又说："画竹多于买竹钱，纸高六尺价三千。任渠话旧论交接，只当秋风过耳边。"

书画家们泼墨挥毫，行止潇洒，却每每羞涩于谈钱，唯恐一谈钱就被认为是俗了，终至一贫如洗，穷愁潦倒。郑板桥难得糊涂，不是真糊涂，这一点上更是不糊涂，字画以尺幅论价，是对艺术的尊重，也保全了自我的尊严，自此开了风气之先河。

他出生于农历十月二十五日，节气正当"小雪"。按兴化民间风俗，这一天是雪婆婆生日。因此，他特别刻了一方闲章为"雪婆婆同日生"。

而四季之中，我以为他是最喜欢春天的。

春天种的扁豆，藤蔓缠缠绕绕长起来。到了夏天，会开出蝴蝶一样的小紫花。秋风满架，扁豆弯如月眉，提着篮子可随时摘食。灶头上可炒，可煮，可拌，还可以煨排骨汤，热腾腾吃上一碗，温润暖胃。

春天种的竹子，到了夏天绿荫照人。秋冬之季，取围屏骨子断去两头，横安以为窗棂，用匀薄洁白的纸糊上，风和日暖，苍蝇触窗纸上，咚咚作小鼓声，一片竹影凌乱，如天然的图画一般。

他写的一首《春词》，五十六句，共嵌入六十八个"春"字，春风，春暖，春日，春长，春山苍苍，春水漾漾。春荫荫，春浓浓，满园春花开放。门庭春柳碧翠，阶前春草芬芳，春鱼游遍春水，春鸟啼遍春芳。春色好，春光旺，几枝春杏点春光……

据说是有一年春天，他与几个朋友出门春游，一路欣赏着春色美景，陶醉在明媚的春光里，禁不住诗兴大发，脱口吟出的。

我喜欢他，不仅是因为他满腹诗才，书法绘画俱佳，更多的是庸常生活的平凡里，一直葆有的那份诗意趣味，白菜青盐粆子饭，瓦壶天水菊花茶，扑面的香气从文字里溢出来，风雅蕴藉，像国画的笔墨和意境，纸窗粉壁日光月影中，自娱自乐，又乐在其中。

谷雨一过，雨就来了。春天最后一个节气，各种新鲜菜蔬轮番上场，案板上怡红快绿，艾草团子，荠菜饺子，榆钱饼子，香椿面鱼，舌尖上齿颊间，深深浅浅的都是春滋味。

这时候，翻开郑板桥的诗集，也有春色可餐：

> 扬州鲜笋趁鲥鱼，烂煮春风三月初。
> 分付厨人休斫尽，清光留此照摊书。

文徵明《落花诗帖》：落花人独立

今夜，在苏州。

繁华静处，是慕名已久的慢书房。

慢候，慢读，慢慢围坐，慢慢闲谈，慢慢度过一段时光。慢字拆开，是心里的曼妙。于喧嚣熙攘之外，留一方安静，点一盏读书灯，天南海北，清言暖语，有懂得有照见，初次谋面也不觉得陌生。

离慢书房不远，泗井巷白墙黛瓦里，有一座静谧雅致的小院。修建于晚清时期，保留着从前慢的时光，花格窗牖，掩映一壁书香。院子里有一棵桂花树，虽过了花期，还是有好闻的清气，缸里种了莲，莲叶田田，一条叫"桃之"的小鱼，自在游弋其中。

这便是书舍了。推开那道悬着铃铛的木门，便有说不出的喜欢。好像前世里许下了约，今生来见。

苏州，古称姑苏。

小时候念古诗：姑苏城外寒山寺。不待夜半钟声敲起，便觉得清声绵长，古意幽远。

钟灵毓秀之地，山不待施而青翠，水不待濯而宽荡，七弦琴，八行书，十里长亭，白云还自散，一卷尘封的史册打开，那些灿若星辰的名字，掰着手指头也数不过来。

文徵明是其中之一。

读他的《落花诗帖》，一朵扑面飞帘，一朵逐水纷纷，一朵陌上空歌，一朵夜凉踏影，一朵细草栖秀，一朵桃溪李径，一朵缘客扫柴荆，一朵飘零付落红，一朵迎风洗雨妆，一朵风尽有余香，落花朵朵，照映落红成阵。

帖的品相有些斑驳，个别字辨识不清，偶尔还有空缺。读起来磕磕绊绊，绵柔，旎丽，是花间词的格调，还有那么一点为赋新词强说愁的味道。但以小楷誊写出来，忽有惊艳之感，仿佛檀案灯明，白马入芦花。

倘若书法也分性别，小楷一定是女子。淡罗衫子淡罗裙，淡扫蛾眉淡点唇。绿窗下，垂手如明玉，不倾国不倾城，眼眼盈盈处，却自有一份温柔和沉静。

篆书敦厚，行书随意，草书狂放，隶书内敛，这般静美的小楷，必要写这样的花间诗，才算两下相衬。若是写大江东去，只怕手腕子酸掉了，大开大阖的豪放气势也挥洒出不来。

关于此帖的来历，跋语有具体记载：

弘历甲子之春，书画家沈周，赋得落花诗十首，拿给他看，他读后，心有所感，和答十首，徐祯卿紧跟其后，也交上十首，沈周看到两人的诗，一时欣喜，锦上添花，连夜又写就十首。文徵明外出南京，带着沈周的落花诗，拜谒太常卿吕常，吕常兴致勃勃，信笔一挥，又是十首。

跋语中没有提到唐伯虎。这一番花间往来酬唱，等唐伯虎看到时，大概已经成为过去。才子的声名，不是平白得来的，采采流水，蓬蓬远春，一出手也是不凡，步沈周诗韵，一气呵成，煌煌写下三十篇。

花是女人的钟爱，在古代，也是男人们的推崇。

佩兰，插茱萸，早已有之，到了唐宋，堂堂七尺男儿，鬓角簪一朵花，招摇过市，行人见了也不稀奇。这是社会普遍风气，甚至成为一种荣耀。

每逢重大节庆，皇帝都要赐花给臣子，以示表彰嘉奖。起初是枝头新摘的鲜花，簪不了几天，花瓣就枯萎了，于是另辟蹊径，命工匠使用金银绸绢制成假花，让臣子们簪在鬓角或帽冠上。所簪之花的种类，根据官员品阶的高低而有所区别。

文人们饮酒赋诗，花是席间之趣。

荼蘼花架下，坐饮一壶酒，彼此相约了行酒令，花落到谁的酒杯里，谁就端杯，浮一大白。借了三分天意，就着满架荼蘼一院香，一边畅饮一边叙谈。若有风吹过，落花纷纷如飞雪，便要举杯

一

扑面飞簾漫有情,细香歌扇郭盈盈;红吹乾雪风千点,彩散朝云雨满城。

春水渡江桃叶暗,茶烟围榻鬓丝轻;从前莫恨飘零事,青子梢头取次成。

二

零落佳人意暗伤,为谁憔悴减容光;将飞更舞迎风面,已褪犹嫣洗雨妆。

芳草一年空路陌,绿荫明日自池塘;名园酒散春何处,惟有归来屐齿香。

三

蜂撩褪粉偶沾衣,春减都消一片飞;蒂挠园风无那弱,影摇庭日已全稀。

樽前漫有盈盈泪,陌上空歌缓缓归;未便小斋浑寂寞,绿荫幽草胜芳菲。

四

怅人无奈晓风何,逐水纷纷不恋柯;春雨卷帘红粉瘦,夜凉踏影月明多。

章台旧事愁边路,金缕新声梦里歌;过眼莫言皆物幻,别收功实在蜂窠。

五

战红酣紫一春忙,回首春归属渺茫;竟为雨残缘太冶,未随风尽有余香。

美人睡起空攀树,蛱蝶飞来却过墙;脉脉芳情天万里,夕阳应断水边肠。

六

桃蹊李径绿成丛,春事飘零付落红;不恨佳人难再得,缘知色相本来空。

舞筵意态飞飞燕,禅榻情怀袅袅风;蝶使蜂媒都懒慢,一番无味夕阳中。

七

开喜秾纤落更幽,树头何用胜溪头;有时细数坐来久,尽日贪看忘却愁。

惹草萦沙风冉冉,伤心怅别水悠悠,不堪旧病仍中酒,疏雨浓烟锁画楼。

八

风袅残枝已不任,那堪万点更愁人;清溪浣恨难成锦,红雨麇香并作尘。

明月黄昏何处怨,游丝白日静中春;急取瓣须东阑醉,倒地犹堪藉绮茵。

九

飞如有恋堕无声,曲砌斜台看得盈;细草栖秀朱点染,晴丝撩片玉轻明。

江风漂泊明妃泪,绿叶差池杜牧情;赖是主人能爱惜,不曾缘客扫柴荆。

十

情知芳事去还来,眼底飘飘自可哀;春涨平添弃脂水,晓寒思筑避风台。

沾衣成阵看非雨,点径能匀衬有苔;秾绿已无藏艳处,笑它蜂蝶尚徘徊。

共饮,在座者无一遗漏。

我们熟知的飞花令,曾经也是行酒令。得名于唐代诗人韩翃的诗句"春城无处不飞花"。即席唱和,诗句中必须含有"花"字,一人接一个,接不上的人,要罚酒一杯。

苏州城西北,古色古香的桃花坞,因唐伯虎而著名。他在这里建桃花庵,自命桃花庵主。花前坐,花下眠,花开时节,摘得桃花换酒钱,邀文朋师友来饮酒赋诗,花落了,遣小童打扫收拾,葬于药栏东畔,作落花诗送之。

曹公撰写《红楼梦》,其中一章黛玉葬花,当是从这里获得的灵感。

花谢花飞花满天,一杯复一杯,一首接一首,写到最后,连名字都省略了,归拢在一起,都叫《落花诗》。

暮春午后,搬把椅子到窗下,点数册页上的落花诗,竟有九十余篇。桃花,梨花,杨花,瑞香,百合,玉兰,栀子,芙蓉,水仙,花气泱泱,如入缤纷花园之境。若不是沉静墨色压着阵脚,只怕要嫌它花气熏人了。

百花齐放,却无百家争鸣。

君乘车,我戴笠,相逢下车辑,个个青衫磊落,心目俱宽,吟诗,作画,扯个闲篇儿,逗个乐子,耍耍嘴皮子,明月不问落谁家,漫天花雨,伴着歌管繁弦墨色流觞,不知勾了多少人的目光。

一花一世界,都有可以欣赏之处,一直蔓延开来,前尘往事细说从头，恐怕到掌灯时分，也说不完。说书人智慧，惊堂木一拍，花开两朵，各表一枝。既不拂人美意，又给自己留了回旋的余地。

江南出才子，说起来都是响当当的人物。

沈周善画，是吴门画派创始人；徐祯卿善诗，被尊为吴中诗冠，家不蓄一书，而无所不通；祝枝山善书法，集各书家之长，草书被誉为"明朝第一"；明末金圣叹，以读书著述为乐，流水今日，明月前身，皆发前人所未发……

民间流传中，唐伯虎更有名一些，各种野史逸闻杂多。

三笑点秋香，源自明代项元汴的一段笔记，原本是文人间的玩笑，结果被人当了真，写进小说，编进戏曲，还拍成电影，添枝加叶，穿凿附会。人们总觉得，才子身边有个佳人，才算是圆满，一笑二笑连三笑，才子成了风流浪荡子，演绎了一场子虚乌有的闹剧。

文徵明与唐伯虎，年龄一般大，青葱少年时就相识，常来常往，捎带着也被涮了一把——

据说，有一次，唐伯虎约文徵明，一起坐船出游，事先安排了歌妓藏身在船舱。船驶离岸边，行到中游时，唐伯虎招呼歌妓们出来，设席敬酒。文徵明一看，赶紧辞别。歌妓们把文徵明团团围住，不让他走。文徵明急得大喊大叫，几乎要跳水，恰巧附近有船驶来，文徵明急急慌慌地跳上去，逃走了。

修身，齐家，治国，平天下，男儿的宏图志愿，在花间呼啸了一遭又一遭，仍是坚决，一个也不少，也不曾泯灭、减淡一分，深柳读书堂，同样维系着刻苦的身影。

唐伯虎天资聪颖，自幼熟读"四书""五经"，并博览史籍，童髫中科第一，应天府乡试第一，轻轻松松，得中"解元"。

相比来说，文徵明要坎坷得多，九次乡试，都是名落孙山。岁试时，宗师批评其字不佳，评价为三等。由此他开始精研书法，刻意临学，答人简札，不满意的地方，就反复修改。一直到五十三岁，白了少年头，才被人推荐进入朝廷，授职位翰林院待诏，人称"文待诏"。

如愿以偿，本该是欢喜，然而人生路途的铺展，很少是这样的一畅到底。先贤高瞻远瞩，一语中的，福兮祸之所伏，总是于暗处始料不及中。布阴翳，生悲凉，起惆怅，一颗心浮浮沉沉，思而知，虑而得，宁静而致远，最终，完成一场柳暗花明的涅槃。

接下来的变故，让人唏嘘。

入京参加会试，因牵连一桩科场舞弊案，唐伯虎入狱，被罢黜为吏。他深以为耻，坚决不去就职。归家后，妻子与他反目。失意之余，他孤身远游，得了一场大病，身旁冷清，亦无亲人抚慰。环视屋中，坛坛罐罐破烂一地，除了几件衣服鞋子之外，再无值钱之物。不得已，靠卖字画为生。

《与文徵明书》中，唐伯虎写得长而动情，忆及年少时的卑微，交游时的酬唱，失意时的冷眼，感慨岁月如流，人命飞霜，并借此表明心志：士也可杀，不能再辱。宁可春天捡桑葚、秋来采橡实充饥，也不愿谄谀献媚，卑躬屈膝中俯仰随人。

而文徵明，目睹官场风云之变幻无常，亦萌生归退之心。

上书乞还，一次又一次，五十六岁那年，终于以自由之身放舟南下，回到苏州，自此风烟俱净，致力于诗文书画，大书仿黄庭坚，隶书法钟繇，又善写花、鸟、竹、果。晚年声誉卓著，号称"文笔遍天下"。

家里的藏书楼，他取名玉兰堂。所居隙地，也散置湖石花木，建玉磬山房，又筑停云馆，典出陶渊明的诗："霭霭停云，蒙蒙时雨。"

春种花，夏听蝉，秋扫落叶，冬夜围炉。世事喧嚣扰攘中，他收拾了这一处静好，虚席以待，静候一个到来，一起青梅煮酒，谈心事，话古今，闲敲棋子落灯花。

来赴约的人，却是越来越少了，先是徐祯卿病逝，然后唐伯虎病逝，再是祝枝山病逝。天下无不散的筵席，春风陌上，落花人独立。

折一枝荼蘼，插入陶制的贯耳瓶子，做案头清供，他在桌案上铺纸研墨，重抄《落花诗卷》。满堂花醉，却是心如止水，蝇头小楷，工工整整，与记忆角落里的浮光掠影，交织重叠在一起，于指间晕染开去，落花尽处满庭芳，可千年一瞬，亦可一眼千年。

听闻，苏州拙政园有文徵明手植的一株紫藤，应季而开，岁岁年年，枝叶沧桑，藤花灼灼十里，还有香如故。

SUMMER　　　　　　　　　　　　夏巻

归去来兮。须臾隔风尘,回首如初见。至深,至浅,相逢只在一念间。

蔡襄《暑热帖》：暑热，不及通谒

打开《暑热帖》，暑气扑面而来。

暑字烈日当头，热是釜底堆柴，两点冰，三点水，四点火，一抱柴火燃烧起来，上蒸下烤，暑气一波接一波，有铺天卷地的气势，山河万物都被炙热的阳光挟裹着，每一寸空气，都是毛燥燥的热。

日夕风日酷烦，无处可避。蔡襄书帖，视暑热为人生缰锁。

古代没有空调，摇蒲扇，移竹床，燎沉香，松冈避暑，都只是暂时的缓解。暑热来袭，走路出汗，坐着不动也出汗，食无味，睡不安稳，一颗心在腾腾暑气里磨砺和翻滚，比天气还要燥上三分。

《暑热帖》就是在这样的时刻写下来的：

暑热，不及通谒，所苦想已平复。

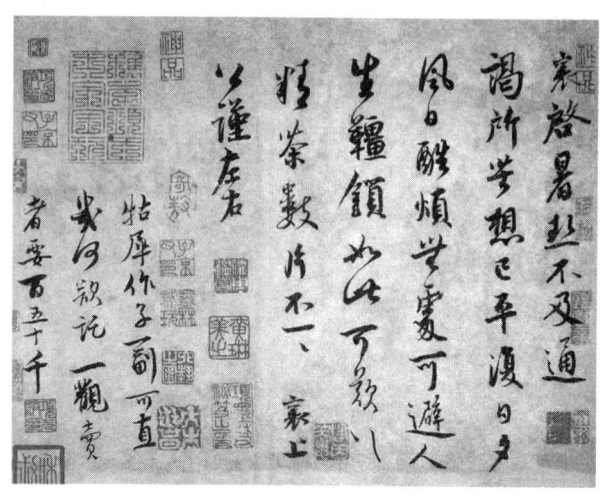

　　襄启：暑热，不及通谒，所苦想已平复。日夕风日酷烦，无处可避，人生缰锁如此，可叹可叹！精茶数片，不一一。襄上，公谨左右。牶犀作子一副，可直几何？欲托一观，卖者要百五十千。

——天热，没及时给你回信，你烦恼的事情大概已经过去了。

纵观他的书信尺牍，字里行间沉稳从容，中正平和，人情有所不能忍者，皆能风竹流翠，虚与化之，以一瓢清浅，与这个世界温柔相待，一派温文尔雅的君子之风。这一帖却是例外，开门见山，理直气壮。有点不像是他的风格。

宋仁宗爱之，御书"君谟"二字，钦赐于他，从此昭告天下，这名字成了他的专属，旁人不允许重名。坊间有青年才俊，倾心追慕这一份烟波气度，将名字改成和他一样，科举考试时被监考官发现，当场即责令改过。

谟，谋也。

《尔雅》开宗明义，一字道破乾坤。《大禹谟》《皋陶谟》《益稷》三谟，都是记述治国谋略的远古史料。

在一户人家的大门上，曾看到过一副楹联，红底黑字镌刻：敦诗悦礼，含谟吐忠。据说，这是清末李鸿章喜欢的一句话，托物言志。

入了名字，便是一生的不离不弃，有时勉励，有时提醒，有潜移默化的力量，让人在自觉或不自觉中，朝着这一份期许和祈愿，磨炼和修养自己。人在，名字在。人不在了，名字还在，担负着功过是非，在尘寰，在人们的唇齿间沉淀和回荡。

宋朝文脉昌盛，一个墨点滴落下来，就能晕染一大片，深深浅浅，浓浓淡淡，或为深雪，或为弦月，或为寒山，或为竹木花草，彼此碰撞，彼此丰盈，又彼此融洽，成就了一个朝代的艺术高峰。

宋朝书法四家，若以季节来论，米芾是春，三月天孩儿脸，说变就变。黄庭坚是夏，绿木荫荫，花气熏人，有明月别枝惊鹊的味道。东坡是冬，繁华落尽，持妙笔生花，有日暮苍山的寒，也有红泥小火炉的暖。蔡襄温和，低眉敛目，独守一轮秋，任寒来暑往，始终都是云淡风轻的模样。

四人声名并列，年岁却是相差许多，蔡襄比苏东坡大二十五岁，比黄庭坚大三十三岁，比米芾大三十九岁，足足差了一个辈分。他人到中年时，他们初出茅庐；他皓首白发时，他们风华正茂，以梦为马，烈焰繁花，要热就热得冒汗，要冷就冷得蚀骨，要刮风就飞沙走石，要下雨就滂沱而下，率性又任性。

他看着他们三个，羊毫狼毫紧锣密鼓，斗智，斗勇，斗嘴皮子，像慈祥的长者看着自己的儿孙，不阻止，也不偏向谁，袖手旁观，任由着他们分庭抗礼着那个朝代，只捋着胡子呵呵一乐。

他有个绰号，美髯公。一把胡子，又长又顺滑，每天梳洗整齐，纷披于胸前，风一吹，仙风道骨般飘飘然。

书中记载，有一次皇帝设宴招待群臣，一时好奇，就问他，这么长的胡子，睡觉时是放在被子里面还是被子外面？这一问，把他问住了。回家躺在床上，掖进去翻出来，怎么放都觉得不对，折腾了一晚上。

人生在世，多有所谋。为事谋，为物谋，为稻粱谋，为声色谋，为子孙谋，为功名利禄谋，所谓道不同不相为谋。心止如水，寻常人做不到，真的做到了，无欲无求，无悲无喜，人生也该是了然无趣吧？

开封府乡试，他以第一名的成绩考取进士，名动京师，从此步入仕途。建桥，修水利，劝学兴善，传播医学药方，炎夏暑热，从福州至泉州、漳州，沿途植松七百里，庇荫道路和行人，死后，朝廷追记功德，谥号忠惠。

他的书法，亦得到很多人的好评，称他为翰墨之豪杰，笔力挺拔，有风云变幻之势，又纵逸而富古意。苏东坡说他，天资既高，积学深至，心手相应，变态无穷，遂为本朝第一。

话说得高捧，却也不是曲意奉承。

宋人尚意，泼墨如云，书法里有奔放，有跌宕，有天真与烂漫，有豪迈与率真，他却是惜墨如金，下笔沉着，不慌不忙描画。一管毫锋，绵不系重轻，承晋唐之风，破五代之壁垒，以端正严谨，稳健浑厚，自成一体，独领一时风骚。

他的诗稿尺牍，哪怕是断章残篇，人们都藏以为宝。而他素来认真严谨，从不轻易下笔。温成皇后病逝后，仁宗下旨让他书写碑文，他坚辞不肯。

世人以为他清高，或者恃才倨傲，其实，他只是不愿以之为役。精于技，游于艺，他认定的事，没有半点马虎和懈怠，笔墨纸砚前凝神运气，不为名禄，写的是一份义气和真情。

宰相韩琦告老还乡，建昼锦堂，他书文作碑刻，每一字都要写上数十张，挑出写得最好的字，拼合在一起，世人称之"百衲碑"。

欧阳修编撰《集古录》，自题跋尾，请他书写序目作刻石用。答应了，便是郑重，泾渭分明，字写得尤为精劲。作为酬谢，欧阳修送他文房器物，鼠须栗尾笔，铜绿笔格，大小龙茶，惠山泉，件件都是不俗，而他想要的，却只是一筐清泉香饼，用以焚香。一饼之火，可终日不灭。

那篇序文，如今找不到了，刻在石头上，也不是坚不可摧的永恒，也许早已化为齑粉，散在未知的漫路风烟里，反倒是这些书帖，因为人情冷暖的抵达，以及触得到的柔软光阴，获得人们的珍重，一代一代流传下来。

岁月沉浸的包浆，于把玩者的摩挲中泛了黄，年代愈久，愈见庄重和温良，赞叹之余，也有些挥之不去的凉。

"病躯不常得安，多缘饮食而致。山羊涩而无味，虽食不过三二两，鱼鳖每食便作腹疾，以此气力不强，日久必须习惯，今未调适耳。"

这是蔡襄的《持书帖》。

人生在世，生老病死，生，是生命的起点。老，是生命规律之必然。病，是不可防范的意外，病来如山倒，病去如抽丝，让人备受煎熬和折磨。无疾而终，是人生大幸，而在命运面前，从来没有设定好的脚本，有太多的意外，来得让人措手不及。

那一年，他离都至南京途中，儿子蔡匀感染伤寒，一病不起。彼时蔡匀新婚不久，一家人心里的喜悦还未散去，疾病便如晴天霹雳般来临。请了名医，又守着火炉子，熬了一罐又一罐的药，还是没有救回儿子的命。

南归殊为荣幸，没想到福兮祸依，灾祸如此波诡云谲。他扶着儿子的灵柩，涕泪纵横，痛到说不出话来。友人得讯后，来信慰问，他堕泪而书，恭敬答谢，且夕渡江，不及相见，依咏之极，谨奉手启为谢，派人驰快马报平安。

老儿已下无恙，这一句，字迹略小，墨色也轻，大约是后补上去的，写在"贵眷各佳安"后面，语序上看有些颠倒，想来也是一份体贴，不愿友人为他伤神和记挂。

他为人敦厚诚恳。从来都是这样惯于设身处地，为他人着想。若有纡问，从来不拖延和耽搁，不说力不次，更不会敷衍潦草，有事论事，无事谈谈天气和心情，伏拜，顿首，问候老幼家眷，哪怕遭逢劫难，也是风烟俱净的从容。

读蔡襄的帖，就像看到他的人。温和，有礼，寒暄得体，处处周到，但我心里始终是有距离的。真正熟悉和亲近，可以交心托付的人，无需客套和礼节，言语中的克制和隐忍，通常是彼此的关系没有亲近到那一步。

米芾以颠处世，纸卷上不辞冰雪，看得准确，说蔡襄是"勒"字，无一句错舛，无一字涂抹，修养功夫虽在，却始终不见天真之趣。

《暑热帖》却是例外。

友人来信已经很长时间了，信中絮叨了一些烦恼，等着他指点。正值暑热，赤日炎炎，他亦是心烦意乱，看完了就放在桌案上，打算凉快一些再写不迟，一天拖一天，就这样给耽搁下来了。及至要写信给友人时，才发现友人的来信还没有回复。

知己的好处就是，可以把话说得坦诚明朗，不必拐弯抹角，费心转圜一个妥当的说辞。暑热，不及回复，这话来得直接，不打诳语，只是到底有些歉疚，笔锋一转，奉上精茶数片。

蔡襄是制茶大家，曾负责监制北苑贡茶，识茶，也懂茶。帖子里，没有具体说到是什么茶，但当得起精茶二字，即便不是他创制的小团龙茶，想来也一定是世间珍稀。

茶是夏日消暑之物。

毛尖，龙井，猴魁，六堡，普洱，溧阳白，宜兴红……我喝茶不分贵贱，拣着自己喜欢的茶，煮水冲泡，一杯接一杯，从微微出汗，到大汗淋漓，汗流浃背，身体中的浑浊之气，就这样一扫而空，肌骨清爽，四肢通泰，每个毛孔都透着凉意。

每年夏天，我都是这么过来的。以热攻热，以茶消暑，屡试不爽。

蔡襄晚年多病，听从医生的劝告，戒了茶。夏七月，赤日晴天，无风无云，前后庭赫然如烘炉，赤膊赤脚，不宜出门，也不宜邀人来叙旧闲话，百无聊赖，便书帖给友人，聊聊文房里的小物件儿。

牯犀作子一副，可直几何？

牯犀，是古代岭南所产的一种犀牛。他看中了一副犀牛角做的棋子，卖的人说要百五十千，他想让友人帮忙看下，值不值这个价。

读《暑热帖》，没有惊艳的感觉，却是我读得最轻松的。不再是《宋史列传》中那个"谈笑剖决，破奸发隐，吏不能欺"的光辉形象，也没有咬紧牙关努力维持的从容，天真舒展，信笔而写，字的野气，生气，真气，逸气，浩然之气全来了。

也是到了这一刻，我才拨云见日，有了落落与君见的感觉。

那副犀牛角做的棋子，他最后买了没买，不得而知，世间万物自有定数，不在来路，便在归途。

太行山中麓，有棋盘山。

从城市到山里，从酷暑到清凉，这泾渭分明的转换，搁在日常的琐碎里，有时是思而不得，有时又似水到渠成。清晨，顶着已有些灼热的阳光出门，按照约定的行程，在古城那个有着风雅墨香的书屋略作停顿，然后出城门，去往山里。

山峰曼妙，因有一块天然形成的酷似棋盘的石头而得名。传说，有仙人曾腾云驾雾而来，在那里下棋。

半山坡有泉，旱不干，涝不溢，清洌甘甜，可汲水煮茶，也可以邀人来下棋，青山为庐，草木作席，马走日象飞田，拈得一个"闲"字。

山中岁月长。而我，只愿身在此山中，云深不知处。

米芾《值雨帖》：风雨故人来

《值雨帖》，妙在一个"值"字。

看雨、听雨、淋雨、观雨、赏雨，都抵不过值雨，空灵而曼妙。那雨，说不清什么时候来，可遇不可求，是无心插柳的成全，掬一把时光，煮茶，读帖，习字，或者发呆，都可以。

雨之为物，也有万般性灵，春天榆荚雨，夏天梅雨，秋天催禾雨，冬天凛冽，则为药雨，谢尽三千繁华，有使百虫伏蛰之力。

此时农历六月，雨落在古书里，有一个好听的名字：濯枝雨。想象着是谁，持一瓢雨，在大地上四处飘荡，花枝，草枝，松枝，竹枝，杨柳枝，一枝一枝，浩浩荡荡濯过去，每一枝都是干干净净。

山间院落，绿纱窗下听雨声，米芾的这一卷帖这时候打开，最是应景儿。

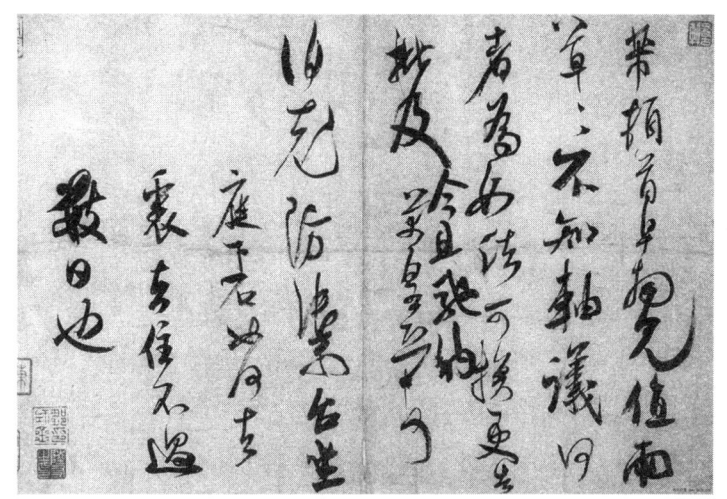

芾顿首。早拜见。值雨。草草。不知轴议何者为如法。可换更告批及。今且驰纳。芾皇（惶）恐顿首。伯充防御台坐。庭下石如何去里。去住不过数日也。

米芾，原名米黻。

这个字难写，寓意却是吉祥。《淮南子》里说："黼黻之美，在于杼轴。"白与黑为黼，青与赤为黻，皆是古代重要服饰的纹样。

是母亲为他取的。希望他身穿黻衣，位列朝班，有显贵的社会地位。

他自幼聪慧，六岁读律诗，过目成诵，七岁学书法，十岁摹写碑刻，小小年纪就有了浑厚功底，人谓有李邕笔法，长大后步入仕途，却是因为母亲的荫护。

据《宋史》记载，他的母亲阎氏侍奉过皇后，并哺乳过宋神宗，因这一段襁褓旧情，他被恩补秘书省校书郎，负责当时校对，订正讹误。

"恩补"二字，彰显了皇恩浩荡，同时也映衬着他的卑微。当时的他，原本是不够资格，是凭着人情关系补录的。

白纸黑字，有时候就是这么深刻和无情，就像铁板上敲钉，落下来，就很难再拔出。他带着这样的印记，纵是才情高致，蜀素上拟华章，一口气写下八首诗，也难免遭人弹劾，出身冗浊，不宜冒玷清选，无以训示四方。

对这一点，他自己也是心存芥蒂。

说起来到底是不光彩，不够光明正大，骨子里也有倔强，不甘心，亦不愿沉沦，扯大旗做虎皮，自号鬻熊后人，火正后人，命若琴弦，也要反弹一把，渊渊作金石响。

汴梁城，烟雨天青色，他一出场，就让人瞠目结舌。

大团花绫罗袍，紫色开裆锦裤，分明是唐朝人的衣裳，还要戴上一顶帽子，帽子太高，坐进轿子里碍事，他就让人掀掉轿顶，一路笑语喧哗，招摇过市。

遇见石头，他要上前拜一拜，尊称一声"兄"。看到喜欢的书画，就找主人讨要，人家不肯给，就站到船舷上扬言要跳江。皇帝的手边之物，也敢打主意，徽宗召他进宫，书写竖条大屏，他看中了御案上的琅琊紫金砚，抱着不撒手，没办法，徽宗只好将砚赐给他。

他还有严重的洁癖，不屑与人共用器具，靴子被同僚拿过，就心生厌恶，反复刷洗好多次。给女儿择婿，不挑门第，也不看相貌人品，繁华地界遇一人，姓段，名拂，字去尘，便喜不自胜：既拂矣，又去尘，真吾婿也！

他走到哪里，哪里就有热闹。一个人活得像一支队伍。

宋朝以文治国，是文人的天下，举止谨慎，只怕斯文扫地，让人耻笑，他这豁出去脸面的疯癫劲儿，还真有一种跳出三界外、不在五行中的快意。

人们喊他米颠。其实他比谁都精明。

《丹阳帖》中，他写信给友人，请一航载米百斛，来换玉笔架。

丹阳是鱼米之乡，那一年，天气大旱，田地稻谷歉收，青黄不接，米价很贵。书帖里，他用了"如何"二字，是商量的口气，担心朋友不肯，遂又加上一句，早一报，恐他人先。意思是，想要的人很多,赶早写这一封信你,是怕被他人抢了先啊。

笔架又称"笔搁"、"笔枕",书画间隙,可搁置湿笔。玉笔架虽好,但不解腹中温饱。敢要一百斛米,是知道友人对玉笔架喜欢已久,摆明了是欲擒故纵。

他嗜好收藏,好多字画都是交换来的,也有出钱买的,尺素之间使出浑身解数,讨价还价,随时都在抖机灵。有时候,还使个调包计,将人家的真迹藏起,连夜临摹一幅,被人识破了,就哈哈一乐,物归原主交过去。

颠,常常与疯连在一起,疯疯癫癫。

疯是失常,让人生骇,唯恐避之不及。颠则是错乱,有顽童的天真,也有顽童的泼蛮,可亲近,亦可以宽宥和担待,平静生活里,难得这样一份乐趣,任他肆意臧否人物,也只是付之一笑,不跟他计较。

宁鸣而死,不默而生。

他携着这一个"颠"字,在红尘熙攘中击壤而歌,下定了决心要颠倒众生,博一个满堂彩,而心底始终是清醒的,才华比声名更重要,那是一个人的根基。

他对自己严苛,下的是拙功夫。

字形上要求稳不俗、险不怪、老不枯、润不肥,章法上重视整体气韵,兼顾细节的完美,写《海岱帖》,写了三四次,只有一两字满意。一日不书,便觉思涩。平日里收六朝翰墨,竹简鼎铭碑拓置于枕边，于妙处酝酿，刻苦钻研，最终一览众山小，将自己推向了巅峰。

书法上，他和蔡襄、苏东坡、黄庭坚并称宋四大家。

也有人说，"蔡"原本是蔡京。但因其权倾当朝，为人奸诈佞幸，虽有绝艺，而立身一败，终为人所不齿，排除在外。

四人同朝为官，肃穆朝堂之外，诗书往来，多有酬唱之作。

最热闹的一次，是西园雅集。在驸马都尉王诜府邸，宾客十六人，书法，作画，题石，论茶，拨阮，抚琴，打坐，问禅。米芾为此作《西园雅集图记》，水石潺湲，风竹相吞，炉烟方袅，草木自馨。人间清旷之乐，不过如此。

这一席琳琅，如今提起来仍是鲜活生动，是文坛之不朽盛事。人物风流俊赏，才情丰饶鼎盛，都是流传下来的佳话，而我心里挥之不去的，是在这后面，他还有一句叹：嗟呼！汹涌于名利之域而不知退者，岂易得此哉。

他这一生任职很多地方，官阶不高，却也是浮浮沉沉。

因为"倾斜险怪"，他多次遭到弹劾，有时候人还没到任，弹劾的奏章就已经先到了。"白简逐出"，这四个字真是薄凉，噎得人半天缓不过神来。

西园雅集，或可算作他人生观中的一个转折点。这之后，他抹掉名字里"黻"，改为米芾。

相同的读音，却是不一样的意义。芾，在字典里解释，草木茂盛。

人生的开阔明朗，就此有了方向和目标。烈火烹油，鲜衣怒马，不过是拼却半生，人前上演的一幕大戏，卸掉油彩，洗净铅华，他更愿意如一株植物，皇天厚土中扎下根来，不争不忧，不急不躁，依着日月光阴，开出八九十枝花。

濡须，古为水泽国，山环西北，水聚东南，沿江一带芦苇、杂草丛生，水网密布，荒无人烟。魏吴争战，曹操在水边的空地上筑城，号"无为"。

他曾在这里任官。初来乍到，门前冷落，满目荒凉，他书帖给故人，"濡须僻陋，月十日无一递，无一过客，坐井底尔。"

既来之，则安之。

气定神闲，光阴一刻也不荒废。春耕之前，他举行亲耕仪式，祈求风调雨顺；麦熟梅子黄，他督促百姓放水犁田，准备插秧；秋风起，十里稻花香，割过的稻子，一场雨后又生了新穗，老农告知是"稻孙"，他喜不自禁，泼墨挥毫，写"稻孙楼"三字，制成牌匾，悬挂在城楼上……

很多年前，我去过无为县，看过米公祠，还有投砚亭，都是后来修建的，是当地百姓对他的纪念。民心淳朴，一点点的好，记在心里还不够，还要让天下人知晓，无为而治，不是无所作为，而是以无为而有为。

读他的帖，写雨的真多。羊毫尖子上淋漓着雨水，挨个读过去，都是一纸湿漉漉的水汽。

《雨寒帖》：雨寒安胜。不知在施水资圣，奉寻不见，快快！

《焚香帖》：雨三日未解，海岱咫尺不能到，焚香而已。日短不能昼眠，又少人往还，惘惘！

《雨应帖》：雨应，想佳快。彦舟桶炉遂相赠，吾友炉何不至也？思企思企。

《相从帖》：相从之久，一旦远别，当持手潸涕，乃以大雨为解，甚之不厚，但与公彼此闲居于此，即知使令人平日犹悼，况雨泞出郭乎？

……

安得促席，说彼平生。

快快！惘惘！思企！思企！书帖一贯短小，开卷直陈，杂想纷呈随手写来。家人而下并起居，尊嫂郎娘各各加爱，都是饶有情味，叫人心生暖和的句子。

宋朝书法四家，他与苏东坡来往最多。都是飞扬跳脱又极聪明的人，不喜欢被框住，言行活脱诙谐，颇有《世说新语》中晋人名士风度。

东坡自扬州召还，米芾设酒宴款待，又设两张雕花案几，分别摆列笔墨，还有好纸三百张。东坡知其意，大笑就座。两人对饮狂书，每喝一杯，就写字一幅。两个书童在旁边磨墨，手都累酸了，还供不上用。直到暮落西山，酒尽纸亦尽，两人才停住，彼此交换顾看，都觉得比平日写得好。

东坡看中他的紫金砚，他慷慨赠予。东坡爱不释手，说死后要带着入棺,要和紫金砚葬在一起。他知道后,径直找到东坡家里,又要回来。理由是,传世之物,岂可与清静圆明、本来妙觉、真常之性同去住?

东坡生病,米芾多次上门拜访,天气暑热之时,还亲自到北沙东园,送去药材麦门冬。得知东坡去世噩耗,他涕泪横飞,作挽诗五首。走笔如疾雨,惊沙落雁,一递一句,写的都是心里的痛和念。

人和人走到一起,多半是因为性情相近,志趣相投。茶友、酒友、文友、书友、驴友……皆是如此。所谓道不同,不相为谋,有时候,人生需要一个同类。向外行走,向内而求,喜相随,病相扶,寂寞相伴,不问出处,无心可猜。

窗外天色沉霭,暮雨未歇。

小时候,一下雨就欢实。雨地里趟水,放纸船,踩水泡,看见戴草帽的人,就喊一嗓子:下雨啦,冒泡啦,王八戴上草帽啦……

多数大人不跟孩子一般见识,笑笑就过去了,也有恼的,追过来要打,一群孩子四下一哄而散,跑得比兔子还快。狗都嫌的年龄,自己不嫌,无忧无虑,没心没肺。傻气,胆大,又一根筋的小孩……

旧的时光走远了,新的日子走来了,有些怀念,就像指间流沙,收藏起来,可以用一生时间品读和回味。而有些怀念,就像这瓢泼而至的一场雨,润一润花枝,湿一湿心,就那么过去了。

八大山人《河上花歌帖》：一帖河上花歌

去江西上饶，中途转车的地方，是南昌。

滕王阁是一定要去看看的。赣水之滨，王勃的千古名篇，描摹了一个诗意的存在，课本上反复背诵抄写，至今印象里还深刻两句：落霞与孤鹜齐飞，秋水共长天一色。

九次修葺，三千繁华成过去，光阴已矣，滕王盛筵也难再，雕梁画栋，静影沉璧，不染尘埃沧桑，沉淀下来的风物，仍在守护着一份见证。

厅堂墙壁，玻璃展柜与温柔灯光照拂下，陈列的诗作书画，是昌盛文脉中的留白婉转。平心静气，一幅一幅对照品读，温柔有之，敦厚有之，热烈有之，摇曳有之，就这样看上一天也不倦。

八大山人的书画也在其中。

他原本就是南昌人。从小受到父辈的艺术陶冶，家学渊源，又聪明好学,八岁时便能作诗,十一岁能画青绿山水,还能悬腕写米家小楷。

按传统审美来看,他的画不算好看,甚至有点丑,笔墨怪诞,夸张到没有尺度,山石无形,花木无根,鸟雀无枝可栖,即便是画树,也是一枝横出,不知从何而来,鸟栖一足,悬一足,多是白眼向人之状。

很容易就会让人联想到他的身世。他是皇族,明室后裔。清军入关,大明江山从此成了历史。父亲去世,妻子和儿子也相继离世,故国不堪回首,为避追杀宗族之祸,他在深山野岭中隐姓埋名,落发为僧。

曾经的朱家天下,像破旧的画轴一样收起,世间再无这一姓的荣耀。朱字去牛,耷字去耳,天下纷争,自有执牛耳者,他只要八大。"八大者,四方四隅,皆我为大,而无大于我者。"这是他的解释,或者也可以说是傲气,睥睨天下,就像那些栖在树枝上的鸟。

说到这里,还要提一下阮籍,《世说新语》里说他能为青白眼:对赏慕之人青眼相待,见礼俗之士,以白眼对之。为母亲办丧事时,嵇喜去吊唁,阮籍认为其人庸俗,一个白眼翻过去,直接把人翻走了。

八大所画的白眼,通常被理解为蔑视、仇视、傲视、逼视、怒视,是他藏在画中的孤寂、高傲和愤世嫉俗,现实冷峻,只好以画代言。而我站在那些画前时,只觉得天真童趣,没有半点怨怼和悲情，像个坦白率性的孩子，人若无视而过，他白眼一翻，懒得理你，若是驻足停下来看，也是白眼一翻，略带调皮的挑衅：看得懂吗？我是无知者无畏，一个白眼翻过去，自己先忍不住笑了。

小时候听到八大山人时，以为是八个隐居在山里的高人，还问过一个很傻气的问题：八大山人和扬州八怪，哪个更厉害。后来知道他是一个人，以拳脚功夫来论，肯定占不了上风，但以书画来论，八怪联手也挡不住他的锋芒。

读他的《荷花》诗，亦是有趣。"东畔荷花高出头，西家荷叶比轻舟。妾心如莲花如叶，怪底银河不肯流。"像是在读乐府诗。旧庭院的女子，隔着窗户看荷，忽然就起了风尘叹。自怨自艾，语气幽婉，却又是活泼的。

性情活泼，大多出自天性，发乎于心，自然而然就流露出来，笔墨活泼就难得了，欲泼其墨，先要活其笔。深浅干润，浑然贯通，才有气韵之美。

水陆草木之花，八大独爱荷，有风既作飘摇之态，无风亦呈袅娜之姿。

宣纸长卷铺开，不摹其形，只以意象为之，画面极简单，却有说不出的生动，流畅线条里仿佛透着风，风生水起，一茎荷扶摇直上，再看那茎梢孤立的鸟，似落非落，欲动又止，羽毛蓬松微张，随时都可能要飞走。

他沿袭徐渭的画风，钟情于泼墨大写意，又不同于徐渭。徐渭做加法，大笔皴擦，水墨晕染流动，画面繁复又生机盎然，一幅图上甚至有十六种花卉。八大则是做减法，用墨极少，一笔就是一枝花梗，三两笔就是一片荷叶，有时连叶脉都减掉了，甚至单独一条鱼，一只鸟，一朵花瓣就可成画，笔墨出尘，满目空灵廓落之境。

《河上花歌帖》，是他的传世佳作之一。

空谷无人，水流花开。起初还是枝繁叶茂，越往后越见清简。残荷断茎，红消翠衰，枯树乱石夹杂其中，到最后，成片荒芜的土坡，已不见一枝荷叶，仅以寥寥几笔兰草竹叶穿插其间，轻盈了，通透了，那一颗揪着的心也放下来了。

这一卷长达十二米有余，是他应蕙岩之邀而作。蕙岩是他的画学弟子，说是兴笔作之，其实也不是一气呵成。纸上光阴缓慢，五月以至六七八月，荷叶荷花落成，已是四个月过去。

卷尾空白处，他以行书自题歌行体诗《河上花歌》：

河上花，一千叶，六郎买醉无休歇。万转千回丁六娘，直到牵牛望河北。欲雨巫山翠盖斜，片云卷去昆明黑……

歌行体，是古乐府诗的一体。放情长言，杂而无方者曰歌；步骤驰骋，疏而不滞者曰行；兼之者曰歌行。

比起白居易的《长恨歌》，他的这首诗不长，但在画卷题跋中，也算的上是放情长言，足有二百余字。且间杂以幽词涩语，我读得一头雾水，不明所以。翻资料对照前人逐一来解，总算明白

册页晚——古书法名帖里的禅意之美

河上花,一千叶,六郎买醉无休歇,万转千回丁六娘,直到牵牛望河北,欲雨巫山翠盖斜,片云卷去昆明黑,馈尔明珠擎不得,涂上心头共团墨,惠岩先生怜余老大无一遇,万一由拳拳太白,太白对予言,博望侯,天般大,叶如梭,在天外,六娘剑术行方迈,团圞八月吴兼会,河上仙人正图画,撑肠挂腹六十尺,炎凉尽作高冠戴,余曰,匡庐山密林迩,东晋黄冠亦朋比,算来一百八颗念头穿,大金刚,小琼玖,争似画图中,实相无相,一颗莲花子,吁嗟世界莲花里,还丹未,乐歌行,泉飞叠叠花循循,东西南北怪底同,朝还并蒂难重陈,至今想见芝山人。

　　蕙岩先生嘱画此卷,自丁丑五月以至六七八月,荷叶荷花落成,戏作河上花歌,仅二百余字呈正,八大山人了一些。

诗中的"六郎",是唐代美男子张宗昌,因丰神俊美,有"莲花似六郎"之典,他以六郎买醉之态形容荷花之美。

"丁六娘"则是隋朝名妓,善作乐府诗,以此暗喻美丽的少女。所谓的"万转千回",是形容荷花体态婀娜。

"片云卷去"说的是他的运笔,"昆明黑"指的是画中河面。至于为什么不是腾冲黑,或者普者黑,就又不得而知了。

整首诗原本简单,以他与诗仙李太白对话的形式,歌咏荷花的姿态万千。李白以"诗仙"著称,安能摧眉折腰事权贵之风骨,更是深得他的欣赏,书画闲余,也学着写了不少诗。

李白的《子夜吴歌》,写的也是荷。从诗风来看,八大不像李白,倒有一点黄庭坚的味道。典故多了,诗意也淡了。

画史上,他与弘仁、髡残、石涛合称"四僧"。

他曾以卖画为生。满目河山空念远,年少时的青山绿水,画不出来了,朱荷、粉荷、黄荷、金壁荷也画不出来了,别人画的富贵气、王者气、吉祥气,他都画不出来,笔尖匀开砚台里的墨,墨山,墨水,墨荷,墨鸟,墨鹰,画轴上一团一团的黑。

他还画过一幅《椿鹿图》。

鹿谐音"禄",寓意吉祥,也许是应人之请,画来祝贺寿辰的,低头再看那鹿,立在石上,仰首上望,依然是翻着白眼看人。

他的人生履历上,悬挂着三尺风雷,一卷冰雪。曾落发为僧,又蓄发还俗,曾躲到深山,又应召出山,曾在门上写一个哑字,数年对人不说一句话。曾撕碎了自己的僧袍，一把火烧成灰烬，然后步行二百里，回到自己的出生地——南昌。

南昌城郊的青云谱，原是一处道院，年代久远。他来访求先贤遗迹，赏识这里的山川风景，于是在原有基础上修葺，开辟道场，晨钟暮鼓自在清凉境，继续书画创作。

"净几明窗，焚香掩卷，每当会心处，欣然独笑。客来相与，脱去形迹，烹苦茗，赏文章。久之，霞光零乱，月在高梧，而客在前溪矣。遂呼童闭户，收蒲团，坐片时，更觉悠然神远。"这是他题在折扇上的一段话，也是乱世之中他所希冀的安稳，而这样的清闲雅致，在他动荡的人生中少之又少。

他给自己起了那么多的名字，雪个、个山、良月、闲夫、破云樵者、灌园老人，只怕隐蔽得不够深，又以驴自称，个山驴、驴屋驴、夫婿殊驴。据统计，他一生所用名号有五十多个。

我们所熟悉的"八大山人"，经常在他的书画落款上看到。"八大"在上，"山人"在下，有时候像"哭"，有时候像"笑"，哭之，笑之，哭笑有之，真实的生活本就是这样，哭笑参半，悲欣交集。谁也不例外。

老友黄安平曾给他画过一幅像，题为《个山小像》。

画像中的他，面容清癯，神色安宁，两手合抱于胸前，像是刚刚云游归来。彼时，是蒲节后二天，吃过粽子，饮过菖蒲酒，满街艾草的香气里，他和老友相遇，寒暄问候后，意之未尽，于是书画相酬，是为一记。

画像上不设瓶花案几，也不画篱落风景，他携小像出门访友，在大幅的留白上题跋。三则题跋，是三个人的墨迹，带着一份懂得，漫布在他的周围。

光阴载了流年远去，岁更深，人也更老了。红尘如火如荼，多少人生死两茫茫，而一纸交会仍在，陪着他朝朝暮暮，沉沉浮浮。几度春秋，几许思量，漫天风霜里的哑口无言，就落在了上面。

画像上有他题字六则。

最喜欢这一则：没毛驴，初生兔。劈破面门，手足无措。莫是悲他世上人，到头不识来时路。今朝且喜当行，穿过葛藤露布。咄！

童真天趣的劲儿又回来了，自嘲是没毛驴，又借用《诗经》里的那只兔子，诸多苦难和灾祸一笔而过，言辞里有了率性洒脱，甚至有几分禅意了，尤其是最后一个字，咄！像是破釜沉舟，一生坎坷归于淡泊，就此御风而行了。

禅宗玄妙高深，枯木禅，葛藤禅，不语禅，菜根禅，棒喝禅，野狐禅，还有芋头禅，想来最适合八大。且看他的《传綮写生册》之二《题画芋》：

洪崖老夫煨榾柮，拨尽寒灰手加额。是谁敲破雪中门，愿举蹲鸱以奉客。

蹲鸱，芋头的别称。洪崖则是他先祖的归处，他曾住过一段时间。

寒夜孤坐，火炉里烤着芋头，炉膛里的柴火烧尽了，芋头也好了，拨开上面覆着的残灰，焦黄的芋头鼓胀着，噗噗地冒着热气，香气扑鼻。门外大雪纷飞，已经积得很厚了。这时候如果有客敲门来访，他愿将这美味的芋头奉上。

那一夜，会有人敲响他的门吗？

倪瓒《淡室诗帖》：清泉煮白石

清泉白石茶，这名字真美。

核桃、松子肉和珍珠，放在茶臼里捣碎，堆叠为石状，放入汲来的泉水中，清泉煮白石，水落而石出，号称是最具雅趣的一种茶。

滋味如何？ 大概除了倪瓒，很少人能说得上来。

他自号懒瓒，懒得做官，懒得管理生产，更懒得交际应酬。无锡梅里乡，一座粉墙黛瓦宅院里，建三层藏书楼，起名清閟阁，旁列碧梧奇石，内藏历朝书法名画，还有经史子集、佛经道籍上千卷，非佳客不得至。

曾经有夷人入贡路过，听闻他的大名，带来百斤沉香为礼，想见一面，他闭门不出，让仆童告知，去惠山饮泉了。次日夷人又来，仆童又说，出门探梅花了。反正就是不让进。

宋朝宗室后裔赵行恕登门来访。他盛情相待，清泉白石茶端上来，赵行恕神色如常，不觉得有什么特别。他一脸鄙夷，"吾以子为王孙，故出此品，乃略不知风味，真俗物也。"

文人饮茶，从来把人品放在第一位。

明代屠隆的《茶说》，有一章节专论人品，"茶之为饮，最宜精形修德之人，兼以清泉白石，使佳茗而饮非其人，犹汲泉以灌蒿莱，罪莫大焉。"

史书上，关于赵行恕的介绍很少，只看到一幅《枯木竹石图》，笔触淡远，意境清幽，想来也是闲雅之人。单凭倪瓒一句话，就定格其为俗物，好像有失公允。清泉白石早已有之，也许在赵行恕看来，根本不算什么新鲜事。

南宋词人姜夔有一首诗：

> 南山仙人何所食？夜夜山中煮白石。
> 世人唤作白石仙，一生费齿不费钱。

唐朝韦应物的诗中也有。《寄全椒山中道士》：

> 今朝郡斋冷，忽念山中客。
> 涧底束荆薪，归来煮白石。

南宋林洪《山家清供》，还特别提到一种石子羹，溪流清处取小石子，或带藓者一二十枚，汲泉煮之，味甘于螺，隐然有泉石之气。

文人远庖厨，总有些奇思妙想。换一般人肯定不敢喝。石子脏不脏？藓有没有毒？喝了会不会拉肚子？死了怎么办？水还没喝上一口，先被自己的一大堆问题吓到了。

所谓的煮白石，其实来源有三：一是典故，神仙方士煮白石为粮，后人借此喻指道家修炼；二是以石养水，古代交通不便，泉水远道运来，会失了原味，取白石入瓮中，能养其味，亦可澄水不涓；三是一种果实，名叫枳椇子，实形拳曲，花在实外，味甘如饧蜜，故又名木蜜，树蜜。

煮白石，泛绿云，一瓢细酌邀桐君。镌刻在壶上的这句话，使人洒然起山水之兴。这邀茶的地方，也该是这般美得出尘，像倪瓒画中的山水一样。

倪瓒的诗、书、画被后人誉为"三绝"。

他的书法很少单篇，大多都是以画卷落款的形式出现。

他的画布局疏简静洁，仿佛柳宗元《江雪》的意境，千山鸟飞绝，万径人踪灭，但要更寂寥一些。连独钓寒江雪的渔翁也没有了，只有一座山，一坡树，一丛竹，偶尔添上一间草舍，或者一座凉亭，然后题写诗文，补充画面空白。

就书体而言，画卷上书法多数属于小楷，墨色淡雅，散散落落地写在空白处，茂而不密，疏而不萧，晚年他参禅学道，笔法里更多了空灵之韵，一河两岸的绘画图式中，长短相间，参差错落，与清逸空阔，遗世而独立的画境相得益彰。

山水作为绘画大类，起初作为人物画背景，而世间风起云涌，朝代更迭里辗转不得其所，人物渐渐退隐到山水间，越来越小，直至不见，群山叠水归于一纸，南北竞辉，代有发展，频出新貌。

明代山水画家沈颢在《画麈》里说，元以前多不用款，款或隐之石隙，恐书不精，有伤画局，后来书绘并工，附丽成观。

书法不好，确实会破坏画面的美感，而山水大美，也有画者不愿掺杂人迹，纯粹以本真的样子呈现，叠峰石壁上，皴暗树干上，不起眼的地方，悄悄题上一行字，字与画的颜色相同，还有只写名字的，有人谓之"穷款"。一"穷"一"藏"之间，可弱化不足，也可见君子之风。

我最喜欢的款，是"落花款"。作者在画上一书再书，多至三四款，再加上他人题字，几乎在一幅画上，好多处有款字，犹如花朵落在画面上一样。

倪瓒善于撰题长款。画面上通常有大片留白，可以随意发挥。他的画本来就好，再加上书法，妙款一字抵千花，锦上添花，更添诗情画意。

云栖楼。

单是这个名字，就让人有槛外之思。

那一日，是八月廿日，刚刚下过一场雨。衣衫里有了浅浅凉意。扫去案几灰尘，他在窗前坐下来，为友人书写《淡室诗》。

欲写新诗尘满几,味我迂言淡如水。白云淡淡何从来,来伴(我)孤吟北窗里。酒味甘浓易变酸,世情对面九疑山。白云且结无情友,明月幽禽与往还。八月廿日过宗道云栖楼,命余赋子安淡室诗,因赋。是日疏雨生凉,山光满几,殊有幽兴也。瓒。

窗外山色怡人，白云淡淡，明月幽禽往还。参差光影落在笔端，越发添了一份幽兴。

青山为幕，山野作席。倪瓒笔下的山水，皆是邀茶的佳处。天时地利人和，不争朝夕，不谈悲喜，且听风，且观云，且煮茶，一杯润喉肠，两杯涤凡尘，三杯心字生香，观自在。

他的清泉白石，说是茶品，但我感觉更偏向食物，煮的时间长了，"白石"必定软沓松散，渐渐融到水里，浓稠的一大碗，相当于茶粥了。

不如用他创作的另一种茶——莲花茶。

茶香花香交融在一起，清幽天成，什么时候想喝就取出一些，山中的天然清泉水就地烹煮，香气由内而外层次散开，仿佛置身于十里荷塘之中。

明代顾元庆所编《云林遗事》一书中，记录了做法："池沼中择取莲花蕊略破者，以手指拨开，入茶满其中，用麻丝扎缚定，经一宿，明早连花摘之，取茶纸包晒。如此三次，锡罐盛扎以收藏。"

据说，这种做法称之为"窨"。有三窨至十窨不等，窨的次数多，茶中花香就更明显，更持久。根据所用的鲜花不同，还有茉莉花茶、桂花茶、玉兰花茶、珠兰花茶、玳玳花茶等。

清代女子芸娘心思慧巧，仿而效之，家里的茶叶拆成小份，待夏月荷花初开时，用小纱囊撮茶叶少许，置花心，熏染花露清香之气，次日一早取出，烹雨水泡之，香韵亦是绝妙。

她还会做茶泡饭，佐以芥卤乳腐。丈夫沈复起初不喜欢吃，被她一箸强塞到嘴里，掩鼻咀嚼，似觉脆美，开鼻再嚼，越嚼越好吃，从此也喜欢上了。

《浮生六记》中，夫妻二人布衣蔬食，谈笑宛然，不羡鸳鸯不羡仙，篆刻两方印章"愿生生世世为夫妻"，一执朱文，一执白文，作为往来书信之用。

倪瓒的画里很少有人。

有人问他为什么不画，他翻个白眼说："当世安复有人？"

《龙门茶屋图》却是例外，画了两个人。一个在茶屋盘膝而坐，小到仅有寸许。山峰高耸逶迤，松树高过了屋顶，就连那窗后芭蕉和竹子，都比房子高出很多。另一个在远处，手提竹杖，朝着茶屋的方向走，大概是刚从山下上来。

是约了一起喝茶？还是山中过客，两不相干？

他生于元末明初，父亲早亡，从小得长兄抚养，衣食无忧，长兄去世后，他不善经营治家，家庭经济日渐窘困，朱元璋曾召他进京供职，他坚辞不赴，散尽家财，浪迹太湖一带。

也曾有一个十分贤惠的妻子，勤俭睦雍，乡里称其孝教。因时局动荡不定，他与妻子一起奉母避居江渚。生活清贫，夫妇俩相依相随，患难与共。不幸的是，妻子因病亡故。

清明时节雨纷纷，他写下一首悼亡诗：

春风雨多曾少晴，愁眼看花欲泪倾。
抱膝长吟酬短世，伤心上巳复清明。
乱离漂泊竟终老，彼此去住难为情。
孤生吊影吾与我，远水沧浪堪濯缨。

情有所系，而又不可复得，茶香犹在，而斯人已远，生死之事，从来不由人左右，上穷碧落下黄泉，又有谁可鼓盆而歌。

《龙门茶屋图》上，倪瓒题诗："龙门秋月影，茶屋白云泉。不与世人赏，瑶草自年年。上有天池水，松风舞沦涟。何当蹑飞凫，去采池中莲。"

瑶草，是茶的别称。

古人将茶视为珍品，如瑶池里的仙草，当然也有不喜茶的人，叫它冷面草。理由是此物面目严冷，了无和美之态。

绘画上，他独创了一种技法——折带皴。

烟波澹荡，云水苍茫，不画烟火人家，也不画渔樵山僧，但峰峦连绵起伏，气脉生动，所以也不觉得空旷单调，总觉得转过哪个山脚，沿着林间小路走下去，就会有遇见。

他作画不为衣食，不为稻粱，全是兴性所致，一抒胸中逸气。

有时候友人邀画，碍于情面不好推脱，应酬着画完了，怕人不满意再来索要，就题上一句："老懒无惊，笔老手倦，画止乎此！倘不合意，千万勿罪。懒瓒。"

若邀者是他厌恶之人，便不肯画。吴王之弟张士信差人拿了画绢请他作画,并送了很多钱。他大怒,撕绢退钱。张士信怀恨在心,看到他泛舟湖上,就命人过去抓住他,打了几十鞭子,他一声不吭。后来旁人问他为什么,他说:"一出声就俗了。"

画如其人,这四个字用在倪瓒身上,是再贴切不过了。只傍清水不染尘。他的洁癖,比宋朝的米芾还要多上三分。

书童挑泉水回家,身前桶里的水,他用来煎茶;身后桶里的水,就当洗脚水。客人不解其意,他说,身后桶里的水有可能被书童的屁气熏脏。

读书作画的书房,每天有两个书童打扫,轮转拂尘,须臾不停。客人走了以后,要把坐过的地方反复擦拭干净。屋里打扫完毕,还有外面,院子不能有垢,树叶子上不能有尘,书童每天早晚擦洗,结果生生地把树给洗死了。

朋友张雨最是懂他,给他画像的时候,特别画上了这两个书童。画中他坐在榻上,右手执笔,左手展画卷,两个书童分别侍立两旁,一个手持扫帚,一个提着水罐子,随时准备听候召唤。

谁解其中味,但为茶者痴。

我所在城的西部,有太行山一脉。其中有村庄,名为白鹿泉。

原名白家窑,建于汉代,因韩信射鹿而得名。传说,当年韩信率兵攻打赵国,行至这里恰逢酷暑盛夏,口渴难耐,四处找水,却不见水源。夜半醒来,一只白鹿飞奔而过,韩信搭弓射箭,鹿化作白光倏忽不见,箭入泥土,用力一拔,一股清泉喷涌而出。

诗人元好问晚年曾定居于此。《茗饮》一诗，甚是可爱。槐火石泉煎茶，一瓯香气里飘飘然，梦游华胥，神游蓬莱。另一首七言绝句《德华小女五岁能诵余诗数首以此诗为赠》，也有点睛之笔，牙牙学语总堪夸，学念新诗似小茶。好个通家女兄弟，海棠红点紫兰芽。

笺注曰：小茶不是茶，而是对小孩子的美称。我却觉得，小茶是个名字，是诗目里提到的那个小女孩，头上梳着两个抓髻，众人面前一口气诵诗数首，童音琅琅，眉眼盈盈，像山里的小鹿，活泼伶俐，是个灵秀的小可爱。

立夏时节，新绿茵茵，花开到荼蘼。倘若是在古代，天子会率文武诸侯，銮驾车舆到郊外迎夏，我删繁就简，换夏衣，待蝉鸣，煮一壶月光白。

虚室生白，吉祥止止。

柳公权《尝瓜帖》：瓜瓞绵绵

最近新认识了一种瓜：砍瓜。

瓜色先绿后黄，不用等到瓜熟蒂落，可随吃随砍，吃多少砍多少，剩下的挂在藤上继续长，六月结瓜，一直到九月，每天都能吃到新鲜的瓜。

瓜瓞绵绵，圆者如甜瓜，长者如王瓜，不堪生啖而堪酱食者，曰菜瓜。窗前棚架下，还有田埂上，圆滚滚的瓜们藏身在绿色藤蔓里，褪去青涩单薄，一天天硕大饱满起来，捏一捏，拍一拍，敲一敲，季节到了，瓜们也就从从容容地成熟了。

小时候，一听到瓜州这个地名，便生出向往。据史书记载，敦煌古瓜州，出美瓜。狐入其中，不露首尾。又有张骞出使西域故事，行至这里，忽然病倒，随从遍访四乡医馆，郎中望闻问切之后，开出药方，吃瓜三枚，病体自然痊愈。

以瓜命名的人也有。大涤子石涛，自称苦瓜和尚，苦瓜外青瓤红，意为身在清，心系明。宋代薛师石不作封侯念，隐居湖畔，自号瓜庐翁，名其室为"瓜庐"，有《瓜庐诗》一卷行世。薛师石是永嘉人，"永嘉有寒瓜甚大，可藏至春。"

《瓜庐诗》没读过，但读过一篇《天倪园·半禅瓜赋》，园曰天倪，瓜曰半禅，天倪者，无边无际，天人之合，恰如天之赋人于形，若婴孩之初，至真至纯；所谓半者，未及也，但可以趋身修心，参天而追，是为自勉。

杜甫有一首诗《园人送瓜》，倾筐蒲鸽青，满眼颜色好。说的是青瓜。此外还有金钗，虎蟠，玄骭，素腕，狸首，都是瓜名。挨个点数一遍，古雅，又有些生僻。顺藤摸瓜，众里寻他千百度，有的还是温良的存在，有的则下落不明、踪迹皆无了。

兵荒马乱的年代，一只瓜，左右不了朝堂风云，也没有金刚不坏之身，敌不过刀枪剑戟，趁着月黑风高夜，逃之夭夭，大野草泽里逍遥去了，也是可能。

柳公权写《尝瓜帖》，不知道尝的是哪一种瓜。

瓜一颗，时新，第一割而尝之，味又甘好，以表汝之孝也。明后至，彼不悉耶？告世四娘省……

时新，是节令里的鲜。古人有"荐新之礼"，稻麦初熟，新酒甫就，以及新采摘的果蔬，都要先祭一祭先祖，后来发展为"尝新",向亲朋长辈敬献品尝,慢慢形成风俗,尝麦,尝鱼,尝稻,尝栗,尝茭笋,尝桃梨……

所谓食瓜荐新,说的是孝敬之道,表示不忘本。帖中的"以表汝之孝也",想来是由此而生。

民间故事里有农夫献曝,传为笑谈。农夫献瓜,则见严肃隆重。皇宫里有专人负责削瓜,为天子削瓜,要盖上细麻布;为诸侯削瓜,要盖上粗葛布;为大夫削瓜,只削皮不用盖布;为士人削瓜,只切掉瓜蒂就可以了;至于庶人,连削都不削,捧着瓜直接啃就是了。

北齐年间,苏琼担任清河太守时,一位老者摘了新鲜的瓜,亲自送到府中,苏琼推辞不过,只好把瓜留下,然后让人把瓜悬挂在公堂的房梁上。从此,送礼者望瓜却步,成就了清正廉洁的美名。

吃瓜消暑本是乐事,北宋的蔡居安偏给整成了苦差事。夏日遍请馆中同僚尝瓜,说出一条有关瓜的掌故,方得吃瓜一片。同僚们望瓜生畏,如坐针毡,说上一两个就卡住了,校书郎董彦远博闻强记,掌故一个接一个,一连吃了好几片瓜,让大家目瞪口呆。

柳公权所尝之瓜,为家中晚辈敬献,无需拘泥,第一时间割而尝之。"割"这个字用得好,有快刀斩乱藤的爽利,又像是明代文学家蒋焘的切瓜分客,横七刀,直八刀,众人围在一起,你一牙儿,我一牙儿,吃得畅快淋漓。

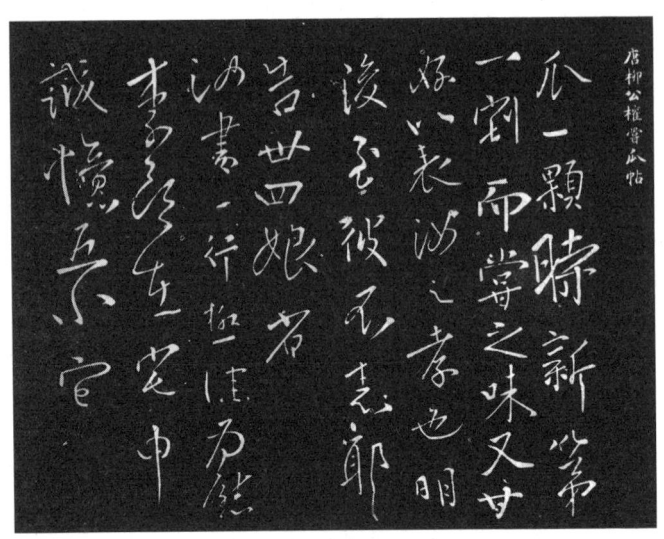

瓜一颗，时新，第一割而尝之，味又甘好，以表汝之孝也。明后至，彼不悉耶？告世四娘省。汝书一行，极佳为慰。李欲在宅中，诚忆五小。

书法在唐代为鼎盛时期，柳公权与颜真卿齐名，人称"颜柳"。一个骨力劲健，一个筋力丰厚，柳骨颜筋，不知惊艳了多少人。

颜真卿传世作品以碑刻最多，筋力丰厚，气派浑朴苍穆，初见望而生畏，愈读愈觉刚劲遒美，尺牍书帖却常常让人泪目。

《乞米帖》中，举家食粥，一家老小吃了上顿没下顿，家里断了粮，吃不上饭，只得向友人求助，借一点米下锅。《鹿脯帖》中，妻子韦氏卧病在床，需要少许鹿脯佐药，家中困窘，温饱尚且难以维持，哪来的鹿脯。忧心如焚，不得不再次致书友人。还有被称为"天下第二行书"的《祭侄文稿》，长歌当哭，泣血哀恸，一直至末行"呜呼哀哉尚飨"，每一个字都裹着泪和悲痛。

柳公权也有碑刻传世，《冯宿碑》《玄秘塔碑》《魏公先庙碑》《高元裕碑》等等，悬瘦笔法，端劲中带有温恭之致。据说在当时颇负盛名，有"柳字一字值千金"的说法，朝官大臣为先人立碑，如果不是柳公权亲笔所书，会被人们鄙视，认为是舍不得花钱，是不孝。

而我喜欢柳公权的尺牍书帖，更胜过碑刻，言淡如水，语简而情有余，读之如明清时期的小品文，"三言""两拍"之类，爽然有世外之味。

米芾评书，说柳公权"为丑怪恶札之祖，自柳出，世始有俗书"。盖因柳体字难写，笔势往来，曲折连环，后人临摹不得要领，涂涂描描才能把字写出来，待到熟驭笔墨，可随遇而变后，米芾终于领会了他的好,"柳公权如深山道士,修养已成,神气清健,无一点尘俗。"

因为擅长书法,柳公权被穆宗看中,召他来见,并升任官职。他以笔为谏,用笔之法,全在于用心,心正则笔法尽善尽美。又与文宗秉烛论书,常常是蜡烛烧完了,而谈兴正浓,宫中婢女便用蜡油蘸纸来照明。

书法之外,柳公权亦工诗,十二岁就能作辞赋,《全唐诗》《全唐诗外编》均有收录。

据说,他有三步之才。随文宗去宫中花园游玩,文宗说,赐给边兵的服装,过去总不能及时发下,现在二月里就把春衣发放完毕,心里高兴。柳公权上前祝贺,文宗让他作诗一首。柳公权很快吟出:去岁虽无战,今年未得归。皇恩何以报,春日得春衣。文宗赞说:"曹子建七步吟诗,你竟只需三步。"

他这一生做过三朝侍书,官至太子少师,晚年因朝堂口误,被御史弹劾,也只是罚了一季俸禄,因此他的书帖里,没有颜真卿破空杀纸、力透纸背的浩然之气,涉笔圆润自然,冲淡平和,却自有幽兴与真趣。

《尝瓜帖》写的是生活中的小片段,小场景,一眼看过去,就觉得很有亲切感。

小时候,每到新瓜成熟的时候,瓜农们就来村里卖瓜,树阴下支个瓜摊,可以拿钱买,也可以用麦子换,村里人种地,不缺麦子，以物易物，换馒头，换油条，也换西瓜，十个八个西瓜扛到家，滚到床下面放着。什么时候想吃了，就抱一个出来。

金圣叹批《西厢记》，有三十三则"不亦快哉"，最喜欢的是这一则：夏日朱红盘中，自拔快刀，切沉绿西瓜。

沉绿两个字搭得好，用来形容西瓜，最合适不过。瓜身绿，分量也足，抱起来沉甸甸的。

皮日休作诗：一架三百本，绿沉森冥冥。说的是园子里移栽的竹，两个字颠倒过来，取其色，窈然深碧，是视觉上的沉，也还好。《水浒传》小霸王周通，使一杆走水绿沉枪，整个就是糟蹋了，桃花山落草为王，干的尽是些打家劫舍的勾当。

夏七月，赤日停天，暑气漫过来，西瓜也是温吞的，不好吃。院子里有井的人家，把西瓜放到竹篮里，用长绳子系着，放到沁凉的井水里，浸上大半个时辰。没有水井的，就用水桶装满水，将西瓜整个放在里面，与古人的浮瓜沉李有异曲同工之妙。

凉透了的西瓜，一刀下去，真的是咔嚓有声，凉气四溢，不仅眼睛是凉的，连舌头也是凉的。不用"布象牙之席，熏玳瑁之筵。凭彤玉之几，酌撩碧之樽"。一切两半，用勺子挖着吃就可以了。

瓜田李下，是古人所慎，小时候的我们可顾不得那么多。瓜田里相聚，往往先取一个瓜打赌，各人猜说里面有多少粒瓜子，然后剖瓜点数，谁猜的数字接近为赢，相差最多的则为输。这种别致的赌法，是在书里看到的，名为"瓜战"。

书里的钱氏子弟，输了要请喝酒。我们不敢造次，瓜战结束后,输的人请吃冰棍,赢的人带走瓜子,回家摊在窗台上晾干,可以生吃,也可以炒着吃,铁锅里放些沙子,加上盐和香料翻炒,当作小零食,抓一把放在口袋里,嗑起来唇齿留香。

立秋这一天,老家有吃西瓜的风俗,一家人围桌分食,称为啃秋。吃了西瓜,夏天也就算过完了,天气转凉,再吃就会伤及脾胃,而瓜田里也拔了藤蔓,没有瓜可吃了。季节里小小的仪式,蒙着时光的尘,像一个雅致的旧梦,有着朴实的幸福感。

瓜瓞绵绵,大者曰瓜,小者曰瓞,广袤平原抑或沙地,拖着一枝长长的藤蔓,枕着清风蝉鸣,繁衍生息,子子孙孙无穷匮也。

篆书里的"瓜"字,两边像瓜蔓,中间瓜藤垂下,结出一个又圆又大的果实,柳公权以行书入帖,瓜字少了一点。瓜熟蒂落,明清史学家谢国桢捡起来,作了书斋名,就叫瓜蒂庵。

陆机《平复帖》：忽有斯人可想

相见亦无事，不来忽忆君。

这是清代厉鹗写给友人的。写得真是情深意切。见了没什么事，不见，也不是相忘于江湖。心思分明如流水清澈，把多少过往都淡淡搁浅，只是一个回顾，就足以洞见心扉。

帖，是文人间往来的书信。天冷了提醒加衣，天热了约着一起消暑，生病了问候一下，顺便送些蔬果药品。闲来无事，剪一剪春韭，聊聊喜欢的小物件，某天肚子疼了，也要书帖问问怎么办。家长里短，碎碎情绪，因为书法艺术的光辉流传下来，成为岁月不老的传奇。

书法上，碑、帖两字常常连在一起。

碑，秦代称刻石，文字刻在石碑上，江山国事，功勋美德，美以书其上。线条的力量，在坚硬的石头上破开一条道路，人来人往有目共睹，所拥有的庄重肃穆气息，撼天，撼地，撼日月。

帖是天生的柔软，纸帛上有红的樱桃，绿的芭蕉，有清平乐，有相见欢，有饥寒悲怀抱，也有失意苦嚎啕。帖是小众的，有时甚至连小众也算不上，众还有三人同行，而它一意孤行，红尘漫路，只为一人去，见山，见水，见知己。

凡心所向，素履以往。不谈技法，亦不涉及艺理，只聊聊那些生活里的日常，说一说前世，道一道今生。千百年时光，烟火故事里的惊鸿照影，有山高水长的淳厚情意烘托着，走到哪儿都丢不了。

陆机的《平复帖》，被称为"墨皇"。

其实也是一念之间，写给友人的一封信。

信中，陆机说到了三个人的近况：一人病，病入膏肓；一人辞，即将远行，西出阳关一杯酒，再见不知是何时；一人离散，因寇乱阻隔，很久没有消息了。

我读到这一帖时，窗外暮色已深，灯火零零落落亮了起来，对面的蔷薇花墙，已经淹没在暮色中了，隐约有一两声闷雷，也许很快就有一场雨。收拾桌上的书本，又看到白居易的一首《赠梦得》：

彦先羸瘵,恐难平复,往属初病,虑不止此,此已为庆。承使唯男,幸为复失前忧耳,吴子杨往初来主,吾不能尽。临西复来,威仪详跱。举动成观,自躯体之美也。思识□量之迈前,势所恒有,宜□称之。夏伯荣寇乱之际,闻问不悉。

前日君家饮，昨日王家宴；
今日过我庐，三日三会面。
当歌聊自放，对酒交相劝。
为我尽一杯，与君发三愿：
一愿世清平，二愿身强健，
三愿临老头，数与君相见。

遥想当年，陆机和他所说的那三个人，也一定有过这样的时光，你来我往，对酒放歌，青袍白马逍遥，肝胆相照，患难与共。也一定发过这样愿，世事清平，身体强健，老到白了胡子，还可以灞桥长亭折柳，咫尺天涯不散。

都说来日方长，而日子总是来得很快，翠微苍苍之中，有朝一日回首，往事不复，故人亦不复。

陆机以文采著称于世，健笔一支，疾如西风，快如流沙，发豪情于天地，飞逸兴于指尖，《桑赋》《鳖赋》《感时赋》《羽扇赋》《漏刻赋》《思亲赋》……小令长调任意撷取，那么文风浩荡的西晋，也遮不住他的光芒。

别人作文，常遗憾才气少，而他更担心才气太多。书卷气，烟霞气，山林气，蔬笋气，庙堂气，刀兵气，金石气，一气接一气，七窍都得是机灵，不机灵便跟不上，上气不接下气，就像一口气爬了一座山，中间还不带歇脚似的。

晋书里有《陆机传》。陆机的祖父陆逊，一生出将入相，彝陵火烧连营，此前又让关羽大意失了荆州，被赞为"社稷之臣"。父亲陆抗，被拜为奋威将军，沙场秋点兵，亦是骁勇，家族世代昌盛，两相五侯，将军十余人，始终有英雄的气概存在。

他的人生轨迹，原本也是笃定，帷帐下分领军队，为国家担一臂之力，然而，就在他烈烈其气、宏图将展之际，晋军挥兵南下，吴国灭亡。

命如蝼蚁，覆巢之下，眼睁睁看着山河破碎，江山易主，能做的只有一个字，退。

刀枪入库，马放南山，脱下身上的盔甲战袍，他和弟弟陆云退居故里。闭门，读书，抚琴，这一退，就是十年。

瓮残余酒，膝上横琴。听他的琴声，总有些悲婉。遥想当年，刀出鞘，马长嘶，剑气如霜，泠泠琴音里夹杂着未了的心愿，未尽的豪情，一曲未了，醉了流年，也乱了心弦。

寒来暑往，春去冬来，兄弟二人携手重出江湖时，如凤凰涅槃，褪去眉宇间的刚猛，一个长身玉立，其声若钟，一个天真活泼，正得魏晋风度之率性。

并驾齐驱于繁华洛阳城，花繁柳密处，拨得云开，风狂雨急时，立得脚定，一路风风光光，所过之处，皆是赞誉和推崇，坊间有"二陆入洛，三张减价"的说法。

三张，说的是张载、张协、张亢，都是西晋时期文学家。

这三人博学多闻，文采亦是不俗，和二陆相比，各有千秋，大概是输在容貌上,貌不惊人,尤其张载,可以说是骇人了,史载"甚丑,每行,小儿以瓦石掷之。"

西晋定都洛阳,兄弟二人最先拜谒的人,是张华。

递上名帖,甫一落座,陆云便笑得忍不住。张华学识渊博,政绩卓然,深得当朝皇帝赏识,他以为必是肃肃如松风,没想到面前的张华,一大把胡子,使一根绢丝缠着,下巴就像长了一条小辫子,看起来滑稽十足。

陆机担心张华恼怒,赶紧解释,他这弟弟有笑癖,当年父亲去世,弟弟穿着麻衣坐在船上,看见水中自己的影子,也是狂笑不止,结果掉进了冰冷的河里,几乎被冻僵。

张华却不以为然,赞誉兄弟二人是龙跃云津,自愧不如,要焚砚烧书了。

得张华举荐,陆机出仕西晋。

束盔,挂甲,皂罗袍跨战马,督诸军二十万人,列军自朝歌至于河桥,鼓声闻数百里,圆了英雄梦,唇齿间缠绵不去的,却还是故园情。

骁骑将军王济的家宴上,摆上了几盘子羊酪,问陆机:"吴地有这样的美味吗?"陆机微微一笑,答,有莼菜做的羹,不用加盐豉,就比它好吃!

莼羹美味,不只是他忍不住要炫耀,就连一向持重的张翰,也是放不下,秋风起,便起莼鲈之思。

天下纷纷,祸难未已。张翰看得冷静且分明,西晋政局日乱,诸王之间同室操戈，纷争不断，繁华利禄身后名，不如一碗莼菜羹。散发弄扁舟，弃官还乡，因此躲过了一劫。

而陆机十年窗下苦读，垂缨玉阶，为的是述祖父功业，持门第不坠，自然不会听从故友相劝归返江东，八王之乱中，终是受到牵连，招致杀身之祸。

是日昏雾昼合，大风折木，平地尺雪，他临刑于军中帐前，奋笔狂书，却茫然不知道写给谁，弟亡，亲人亡，三族老少都被诛杀，世间再无血肉至亲可托付的人，他痛心疾首，掷笔长叹："欲闻华亭鹤唳，可复得乎！"

华亭，是他的家乡。

江之南，得天独厚，有一方朴素与幽静，有瓜田，有十里稻花香，有青山明月流淌的水，还有杨柳岸边临水照影的鹤，菲薄流年里，兀自鸣叫着从窗前飞过。

如果人生可以重来，也许他会了却那踟蹰的宏愿，晴耕雨读，渺渺落花幽凉里，安稳度过一生，只是人生从来没有如果，那样的美好，只能成为最后的怀念，这一生再不复得。

他的《平复帖》，据说是传世最早的书法，比王羲之的《兰亭集序》还早，在书法史上占有重要地位，被列为镇国之宝。

因年代久远，残破太多，且草法文句古奥，难以辨识，至今尚无人能全文释读，是否是陆机真迹，也有争议。

似一叶扁舟，出没风波里，浮浮、沉沉，历经六朝烟水五代十国，一见倾人城，再见倾人国，红尘无意为谁留，却总有那一梦千寻一往情深的人。

宋徽宗不爱江山，偏爱墨色丹青，许它千秋白头之约，泥金题签，下押双龙小玺，以紫檀鎏金锦匣贮之，入宣和内府收藏，得闲了便拿出来看一回。

明清两代的皇宫，珍贵之外，更有一份骨肉深情。作过寿礼，尽人子孝道，作过陪嫁，十里红妆，结金玉良缘，亦作过传家的信物，郑重交到后代子孙手上，成就家族一脉里深厚的见证。

民国才子张伯驹，看到它的第一眼，便是说不出的喜欢，得知它即将流失海外，东挪西借，凑够了一笔巨款，买它回家。家人骂他败家子，他抑制不住满怀的兴奋，跑进书斋，挥笔题跋，不能不谓天待我独厚也，改书斋名为"平复堂"，自称"平复堂主"。

战乱起，故园荒凉，张伯驹奔波在外，嘱家人将这一帖卷起，缝入衣被夹层中。遭遇匪徒绑架时，又殷殷叮嘱家人，怎么样来救都不要紧，他收藏的字画，必须保护好，别为了赎他而卖掉，那样他宁死也不出去。

心如匪石，不可转也。这样的坚定，连张伯驹自己都无法解释，最终也不过那一句，懂得就是值得。

收藏家王世襄曾作《平复帖》流传考略，每次观看时，要等天气晴朗，把桌子搬到贴近南窗，光线充足又不曝晒的地方，铺好白毡子和高丽纸，洗净手，戴上白手套，才静心屏息地打开。不得已出门时，要装箱落锁，回家后开箱，看它安然无恙才放心。

国画大师张大千,更视它为无上珍品,非熏香更衣不能随便一见。

在故宫博物院,与它劈面相逢的瞬间,我忽然生出一种震撼。那些沉默于纸上的字,盘根错节,刚柔并济,像是他《瓜赋》中那些被瓜丢弃的藤蔓,一枝一枝在光阴里泛了苍茫颜色,筋骨深处却依然有蛰伏的绿,不是新绿,也不是老绿,而是沉稳沉静沉着的绿,沉绿。

这种绿,国画花鸟册页上常见。枇杷晚翠,秋末晚菘,还有风中枯荷,书法上,氤氲暮夏仲秋时节一汪草木沉绿的,我孤陋寡闻,只看到这一个。

据说是用一支秃笔,饱蘸搁了一宿的残墨,书写而成。

执笔但记流年,不过是天涯人海两茫茫。写下书帖的陆机,内心该是百感交集,而红尘滚滚的那一头,披襟读信的人,心情也该是恐难平复吧?

黄公望《富春山居图题跋》：一山清凉境

黄公望自称：松雪斋中小学生。

对赵孟頫，他佩服之至。赵孟頫善书，楷书、行书、篆书、隶书、草书，都有很好的成就，还提出了"以书入画"的艺术观点，画石如飞白，画树如籀篆，画竹则以八法贯通，雨打风翻，各有态度。

他比赵孟頫年长，虽说是师承关系，但平时也有切磋，《快雪时晴书画合璧卷》上，赵孟頫书"快雪时晴"，落款"子昂为子久书"。

子久，即是黄公望。

关于这个名字，还有一个扑朔迷离的故事。黄公望原名陆坚，是华亭陆氏后裔。年幼时父母双亡，贫无所依，由族人将他过继给了永嘉黄乐老人收养。老人九旬无子，喜出望外，言："黄公望子久矣！"由此改姓换名，姓黄，名公望，取字"子久"。

浙江余杭，南龙德通仙宫松声楼上，回想起当年在赵孟頫的松雪斋里，亲眼得见赵孟頫挥毫书写，他一时心生感慨，赵孟頫《行书千字文》卷后，稽首谨题：经进仁皇全五体，千文篆隶草真行。当年亲见公挥洒，松雪斋中小学生。

上面写明了日期，至正七年夏五。

《春秋》一书中，"夏五"后缺"月"字，以此用来比喻文字脱漏。又因为夏至后阴历逢五为伏，另外还有一个解释：三伏天。

三伏天，我们这里又叫桑拿天。汗如雨下，像洗桑拿一样，是一年中气温最高，且又潮湿、闷热的日子。清史里有记载，夏五月大热，道路行人多有毙者，京师更甚，浮人在京贸易者亦有热毙者。

对付夏热天气，古人有自己的办法。

湖中画舫，河畔堤岸，饱挹荷香，围棋而垂钓；到江河里洗冷水浴，祛除暑气热毒，以少生疮疖和热病，或者以锦结为凉棚，设坐具为避暑会，百姓人家足不出户，庭院树下搭个凉棚，头伏饺子二伏面，三伏烙饼摊鸡蛋，吃得有滋有味。

黄公望选择的方式，是去山里。

山水胜境，清幽天然。放得下道家的一方清凉，放得下画家的一卷水墨，放得下农家的一田桑麻，也放得下文人的一隅天下，

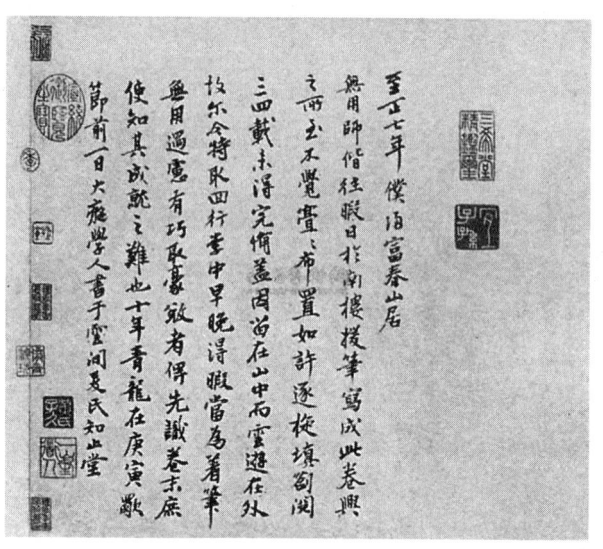

　　至正七年,仆归富春山居,无用师偕往,暇日于南楼援笔写成此卷,兴之所至,不觉亹亹布置如许,逐旋填剳,阅三四载未得完备,盖因留在山中,而云游在外故尔。今特取回行李中,早晚得暇,当为着笔。无用过虑有巧取豪夺者,俾先识卷末,庶使知其成就之难也。十年青龙在庚寅歜节前一日,大痴学人书于云间夏氏知止堂。

纸糊窗，柏木榻，挂一幅单条画，供一枝得意花，自烧香童子煎茶。

浙江的富春山，素以景色佳美著称。

李白的《箜篌谣》，念的是这里；陆游摇橹泛舟，吟的是这里；王维送故人赴任，去的是这里；东坡行尽千山水，恋的还是这里；东汉名士严光捷足先登，在这里归隐，一蓑一笠一钓叟，诗文墨迹纷繁，与两岸青山相对出，曲终人不见，犹有数峰青。

黄公望行至这里，也有惊艳。

登高望远，但见青山如黛，峰峦叠翠，山路十八弯，左有亭台两三座，右有茅舍七八间。曲径通幽，分设良田美池桑竹之属，有些深阔，有些遗世独立，不知藏了多少动人的风景。

山之别径，黄公望筑一堂于其间，白天游览山水，凭栏听风，夜里品茗绘画，枕月而眠，洞天是神仙居住的地方，他不是神仙，却也犹如身在仙境，遂取名叫做"小洞天"。

绘画史上，黄公望、王蒙、吴镇、倪瓒合称为"元四家"。

王蒙隐居杭州东北的黄鹤山，过着"卧青山，望白云"的悠闲生活；倪瓒隐居于太湖一带，只傍清水不染尘；吴镇隐居浙江嘉兴，屋前屋后种梅数百株，以梅花自号，将住处命名为"梅花屋"，院中有泉则名为"梅花泉"，布衣暖，菜蔬香，青瓦绿窗下，家人围坐，灯火可亲。

元朝奉行等级制度，南宋人地位低下，科举被废，书中没了黄金屋，也没了千钟粟，即使俸官于朝廷，也改变不了尊卑之分，经常受到歧视和排挤。于是纷纷弃官,隐居乡里或山野。

彼时散曲鼎盛,曲儿小,腔儿大,世态炎凉,人生悲苦,家亡国破之恨,读书人一支笔,分作六宫十一调,吹了喇叭,又吹唢呐,吹过秦汉经行处,吹过山河表里潼关路,一直吹到了天子朝堂上。

儒户是元代特有的一种设置,免赋税,除徭役,给予最基本的生活保障,算是临时救急的权宜之计。但随着政权交替,有令无行,名存实亡。

黄公望自幼勤学刻苦,博学于文,旁晓诸艺,打下了深厚的功底,两次被举荐为吏,一次未果而终,一次因上司贪污舞弊受到牵连入狱。

出狱后,托友人做引荐,他准备再入仕途。几经周折,没能如愿,最后皈依全真教作了道士。

金庸武侠小说里,花了很多笔墨描写全真教。华山论剑,履霜破冰掌法,天罡北斗阵,还有很多知名人物,年少时看得痴迷,半夜躲在被子里看,睡着了也有一个江湖梦。

看到黄公望加入全真教时,我很有一些兴奋,以为他要修学武功,快意恩仇,多年沉冤一朝得雪,然后素琴白马纵横天下,书写一章武林传奇,侠客风云传。

其实,大道至简。

不能居庙堂之高,就处山林之远,宁愿独善其身,天下有道则见,无道则隐,收余恨免了怨嗔,多少过往都随风去。

元朝时，道教为统治者所重，大力提倡和推广，王重阳弟子丘处机颇受成吉思汗信赖，凡门下道士，均赦免赋税差役。除此之外，还可以编撰道家史籍，以天子之命，礼祀名山大川。

行过山川湖海，看过江河林峦，听过清风半夜鸣蝉，赏过春风十里桃花红，一夕之间，黄公望忽然有了画画的念头。

光阴不会为了谁停留半分，入了画就是永远。人在画外，亦在画中，即便是匆匆过客，眼眸也有回首的温柔。

赵孟頫好画马。裁画余下来的边角，都当作练习画马的纸，一生画马无数。《人骑图》题跋曰："吾好画马，盖得之于天，故颇尽其能事。若此图，自谓不愧唐人。"

黄公望喜欢画山水。不施重彩，不勾泥金，不染青覆绿，更不涂抹金碧辉煌，凡是明亮颜色都收起来，甚至连浅绛淡彩也不要，笔端墨色，细细匀开，层层渗透，阴阳、晦明、晴雨、寒暑、朝昏、昼夜，各有无穷的妙趣。

只要愿意，什么时候都不晚。

不是所谓的鸡汤。漫漫前路，总有一种力量，托着心里的喜欢，一步一步，悲与喜，寂与繁，都是陪衬，是光阴照夜白，走过去，才得见妥帖和圆满，开出一朵清幽的莲。

他的《富春山居图》，从七十九岁开始画，随身带着画具，每见山水胜景，必濡笔展纸摹写下来。有一天下起大雨，他的竹笠被山风刮走，全身被雨淋得湿透，仍然痴得一动不动，津津有味地坐在岩石上看雨景。后人把这块岩石称为"雨淋岩"。

《富春山居图》一直画了四年，才终于完成。

竖画三寸，当千仞之高，横墨数尺，体百里之远，近观草木泽生，峰回路转，云烟掩映村舍，山坡中置屋舍，水中置小艇，从此有生气。山腰用云气，见得山势高不可测。远望重峦叠嶂，长松茂树，气势充沛，把山水的壮美之境推于极致。

他的师弟郑樗收藏此图时，就忍不住担心，图实在太美了，只怕被他人巧取豪夺，他略一沉吟，题书其上：

至正七年，仆归富春山居，无用师偕往，暇日于南楼援笔写成此卷，兴之所至，不觉亹亹布置如许，逐旋填劄，阅三四载未得完备，盖因留在山中，而云游在外故尔。今特取回行李中，早晚得暇，当为着笔。无用过虑有巧取豪夺者，俾先识卷末，庶使知其成就之难也。十年青龙在庚寅歜节前一日，大痴学人书于云间夏氏知止堂。

无用师，说的便是郑樗。

樗是一种树。俗名臭椿。庄子说它无用之材，树干臃肿而不中绳墨，小枝卷曲而不中规矩，种在路边，木匠看都不看。郑樗由此得名，取字无用。

那一年，他七十九岁，须发皆白的古稀老人了，字里行间却是沉稳晓畅，线条端雅舒展，逸墨潇洒，笔力秀劲飘逸，相互穿插顾盼，书风从容徐迈，丝毫看不出有衰老的迹象。

明人张丑在《清河书画舫》中评价其书,如飞鸟依人,翩翩可喜。

飞鸟依人这四个字,唐太宗曾用来评价褚遂良,虽有一份喜爱之情,但碍于君臣的关系,总容易让人产生误会,后来便真是以讹传讹了,比喻依附权贵。

用在书法上,比用在人身上好。可以看得见灵动,笔墨翻飞,时高时低,腕底栽竹一两行,任凭白云淡淡何从来,自有飞鸟相与还。

明代书画家沈周一见倾心,重金收购,又因一时疏忽,得而复失,后被书画家董其昌收藏,几经辗转,到了明末,收藏家吴洪裕特地盖了一座"富春轩",临死前下令将此画焚烧殉葬,吴洪裕的侄子从火中抢救,画被烧成两段,分别命名"无用师卷"和"剩山图"。

清代,"无用师卷"收入内府收藏。乾隆皇帝见到后爱不释手,每次展看都有新发现,题诗,题字,题跋,或者盖章,画卷上的留白都被写满了,长长短短,密密麻麻,实在没有地方题字了,只好在押缝处题了一句"以后展玩亦不复题识矣"。

辛卯年初夏,台北故宫博物院,山水合璧,《富春山居图》完整归一,山峦空蒙,溪流委婉,云烟掩映处,村舍二三家。若有谁来寻村舍中的人,恰可以用上贾岛的一句诗:只在此山中,云深不知处。

黄公痴,我亦痴。

流连画中，如庄子的逍遥游，御风而行，来如流水兮，去如风，知何所来兮，何所终。

一步青山，两步涧水，三步清风，四步明月，五步烟雨，六步浮灯，七步莲花。

唯愿，时光作渡，眉目成书。

AUTUMN 秋卷

江山入座,时有风来。难得初心砥砺,不偏不离。

怀素《食鱼帖》：蠹鱼不是鱼

读怀素的《食鱼帖》，线条柔软灵动，仿佛是一条一条墨鱼出没于石潭中，忽而静影沉璧，忽而上下翕游，眼看着游到了手边，但滑溜溜地就是捉不住，溯洄从之，道阻且长，溯游从之，还在水中央。

孟夫子有一句名言，鱼，我所欲也，熊掌亦我所欲也，鱼与熊掌不可兼得，舍鱼而取熊掌也。如果让怀素来选，没有半分犹豫，一定是舍熊掌而取鱼。

"老僧在长沙食鱼，及来长安城中，多食肉，又为常流所笑，深为不便，故久病，不能多书。"

长沙处湘江下游，又有浏阳河、捞刀河、靳江河，沩水河，桃花流水鳜鱼肥，秋江水落白鱼肥，远浦归帆，都是活泼泼的鱼，但是到了长安城就不一样了，难得吃上一次。

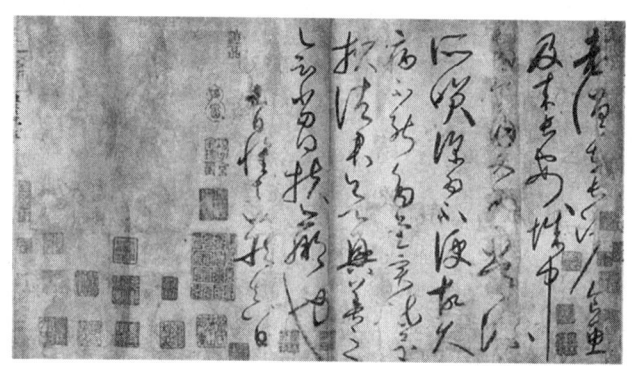

老僧在长沙食鱼,及来长安城中,多食肉,又为常流所笑,深为不便。故久病,不能多书,实疏。还报诸君,欲兴善之会,当得扶羸也。

□日怀素藏真白。

一日不吃，忍，一月不吃，馋，一年不吃，碎碎念，经卷里翻出一只蠹鱼，也要看上老半天，可惜蠹鱼不是鱼，虽形稍如鱼，又有白鱼、壁鱼、衣鱼之名，却是吃书的蛀虫。

作为僧人，食鱼又吃肉，显然是犯了戒律，如果换作别人，也许会找个没人的地方，藏起来偷偷吃，他却是不藏不掖，酒肉宴席，众目睽睽之下，想吃就吃了，经常被人揶揄取笑。

写《食鱼帖》时，他带着一肚子郁闷和委屈，又说生病很久了，不能多写。以为他至此就要搁笔顿首，没料想，后面紧接着还有一句：诸君欲兴善之会，当得扶羸也。

老僧无戒，看上去颇有洒脱不羁之风，但心有所执，到底没有跳出三界外，得知众人打算聚会，又赶紧书帖告知，一定等我病好之后啊。

怀素以狂草著名，《食鱼帖》无愧其名，骤雨旋风，声势满堂，尽显草书之美，最后一个"也"字，更是臻入妙境，字大如斗，神采动荡，能与故人相见，又有鱼肉可吃，想来心情也为之欢畅了许多。

唐朝时期佛教盛行，寺院林立，庙宇香火缭绕，晨钟暮鼓梵音濡染，他十岁时就有出家之意，父母阻止不成，只好送他出家为僧，僧名怀素。

少年心事志存高远，不甘平庸。闻钟而起，洒扫殿堂，夜幕里青灯黄卷，抄录经书，慢慢喜欢上书法。不学古朴浑厚的篆书，不学四平八稳的隶书，也不学法度森严的楷书，只爱奔放肆意的草书,挥毫落纸如云烟,像风一样狂,像草一样草。

草书笔势狂放,须臾之间能纵横挥洒千万张,而他家境贫寒,仅够温饱,无力承担这额外的开支。他灵机一动,种下一院芭蕉。蕉叶大而宽,就像一张宽大的宣纸,可以信手拿来,随便扯一叶书写。芭蕉越种越多,岫烟栊翠,他给庭院取了一个诗意的名字:绿天庵。

芭蕉叶长出一片,他书写一片,生长的速度,赶不及他的书写速度。他又制作了一块漆板,写了擦,擦了又写,经年累月练习,漆板越写越薄,最终破了一个洞,练字磨秃的笔头,堆积如小山,就埋在庵中一棵树下,叫做"笔冢"。

日夜刻苦,晨昏不歇,他总觉得行笔不得法,但苦于不能远行,亲眼看见前人之佳迹,所见甚浅,深以为憾。三十岁后,他打点行囊,担笈杖锡,开始作万里之行,谒见当代名公。

他去过岳州、衡阳、潭州,去过浏阳、武昌、蜀中,还去过广州、洛阳,与李白泛舟湖上,与陆羽山中饮茶,与张旭的弟子邬彤闲庭信步,谈书论道,还通过引荐拜访了颜真卿。

颜真卿书法精妙,曾师从草圣张旭,得笔法十二意。他向颜真卿请教笔法,两人探讨了锥画沙、屋漏痕等笔法诀窍。

颜公曰:"师亦有自得之乎?"

素曰:"观夏云多奇峰,辄常师之。夏云因风变化,乃无常势,又无壁坼之路,一一自然。"

颜公曰:"何如屋漏痕?"

素起，握公手曰："得之矣。"

这是《怀素别传》中的一段，作者是陆羽。陆羽是茶学专家，精于茶道，书法上很少评判，大多记录了怀素的生平经历，以及书法交游。其中，还提到了怀素饮酒。

张旭爱酒，怀素也爱酒，人称"颠张醉素"。

他的《醉僧帖》，写了四句诗：人人送酒不曾沽，终日松间挂一壶。草圣欲成狂便发，真堪画作醉僧图。

《怀素上人草书歌》里，则记录了他醉后而书的情景，"骏马迎来坐堂中，金盆盛酒竹叶香。十杯五杯不解意，百杯已后始颠狂。一颠一狂多意气，大叫一声起攘臂。挥毫倏忽千万字，有时一字两字长丈二……"

醉翁之意不在酒。他的酒，更多的是涵养性情。借三分酒气，畅七分志气，笔墨若泉喷薄而出，遇寺壁、院墙、衣裳、器物，都要写上一写。

文人们喜他性情率真，对他多有赞誉，说他是僧中之英，笔势迅疾，驰豪骤墨剧奔驷，满座失声看不及。又说他字形隽美，初疑轻烟淡古松，又似山开万仞峰。还有舒缓飘逸，圆劲有力，奔放流畅，一气呵成等等，赞誉的诗文多到行囊里都装不下。

长安米贵，居大不易。

这话是对白居易说的。对怀素来说，米不贵，住也可以，没有官场的浮沉，也没有落第的烦恼，大不易的，只是吃鱼。

古人造字,鱼字从鲜,是天下第一鲜。

孔子的儿子出生,鲁昭公派人送来一条大鲤鱼,表示祝贺。孔子因此给儿子起名孔鲤,字伯鱼。

西晋文学家张翰,在洛阳任官,秋风一起,便想到江上莼菜和鲈鱼,心心念念,索性辞了官,放舟归隐家乡,一解心头之馋。

东坡也爱吃鱼。有一次,友人送了一条鱼给他,园中的青蔬长得正好,妻子拿起刀将鱼剖切成丝,加各种调料制成生鱼脍。儿子在学堂里念书,跟老先生学过"鱼腹尺素",见剖鱼非常高兴,马上过来找鱼腹里的书信。

在我们河北,逢年过节不论饭桌菜肴丰俭,家家都少不了鱼,而且鱼要作为压轴菜,酒过三巡,菜过五味,才端上桌亮相。鱼,谐音余,讨个好口彩,即是"年年有余"。

后来听说,南京人吃鱼头,喜欢将鱼鳃边的一段骨头留着卜运气,筷子夹起,瞬间丢下,看看第几次能站定桌头,倘若一次站定,新年必是好运,一家人你扔过来,我扔过去,既热闹,又开心。

湖北人的全鱼宴,则多了些雅趣和壮观,三十六道鱼菜,依次排开。决定吃鱼优先权的方案是比试学问,每上一道,客人不论上席末座,能以诗家所咏之句破出鱼名者,领衔下箸吃掉这条鱼。

一条鱼能做出多种吃法。清蒸、糖醋、水煮、红烧,寡淡随意,做法由人。古人的食谱里,还收录了一些制作方法精致而又奇特的菜肴，如"金齑玉鲙""臭鱼"等。

对于唐朝人来说，饮食是大事，精致且讲究，人人都是美食家，爱吃，且会吃。

《广五行记》中有一个故事。唐高宗年间，洛州司户唐望为人豪爽。有僧人慕名来拜访，问："能设一顿鲙否？"唐望欣然应允，命家人出门买鱼。僧又问："有蒜否？"家人云："蒜尽。"僧云："蒜尽，去也！"说罢，转身就走，留也留不住。

僧人想吃的鲙，是鱼的一种上乘吃法。

取新鲜的鱼，剔肉脱骨，然后手起刀落，运肘如风，将鱼肉尽数切成薄片。吃的时候要蘸调料，春天用葱姜酱汁，夏天用白梅酱汁，秋天用芥末汁，冬天是橘蒜酱汁。僧人问蒜，节令应该是在冬天。

唐朝的宴席上，鲙为佳肴之一。据说最美味的做法，是用吴郡松江的鲈鱼，于农历九月之后霜下时捕捞，宰杀洗净，放入盘中，取香柔花叶，相间细切，搅拌均匀。霜后的鲈鱼，肉白如雪，毫无腥气。

有一年冬天，杜甫路过阌乡，友人姜七设鱼鲙宴招待他。当时黄河已经冰封，鱼是破冰从黄河里捕获的。鱼身洗干净，白纸吸干水分，厨师开始切脍。雪白的肉片，在刀下薄如飞雪，因为鱼肉新鲜紧实，连砧板上垫着的白纸都没有打湿。杜甫吃了一片又一片，不知不觉就吃空了一盘子。引出一段文人与美食的佳话。

吃脍不是唐朝人的发明，但在唐朝达到了鼎盛。唐诗三百卷,搭手一掀,鱼味扑面而来。王维写侍女金盘脍鲤鱼,李商隐写越桂留烹张翰鲙,白居易写蠲馋数鲙鲈……

滚滚红尘帝王都,繁华不歇,水资源却是匮乏,鱼类不比长沙丰足,因鲤与"李"同音,玄宗李世民又先后两次下诏,禁令采捕鲤鱼。外地的鱼千里迢迢运过来,精工细作,更加来之不易。物以稀为贵,诗人们也舍得花费笔墨,诗词里炫耀一番。

怀素给自己起了一个号,藏真。

哪里藏得住呢。《食鱼帖》八行,五十六字。鉴赏家印累计八十八方。一条一条鱼游弋其中,字字灵动,起承转合,有大自在。

书法是心境的外化,心正气和,则契于妙,心神不正,书则欹斜;志气不和,字则颠仆。老僧入定,五蕴致知分明,于三千娑婆里起起伏伏,各臻化境,一笔菩提,渡了自己的岸。

李白写《草书歌行》:墨池飞出北溟鱼。

懂怀素者,李白也。

宋徽宗《闰中秋月帖》：谁共我，醉明月

宋徽宗的《闰中秋月帖》，抄录了一首诗：

> 桂彩中秋特地圆，况当余闰魄澄鲜。
> 因怀胜赏初经月，免使诗人叹隔年。
> 万象敛光增浩荡，四溟收夜助婵娟。
> 鳞云清廓心田豫，乘兴能无赋咏篇。

前有唐诗，后有宋词，诗人们才情高昂，才华扶摇直上九重天，早已皴染了笔墨，将溶溶月色一路铺陈过来，即使他再推敲，恐怕也难逾越过去，索性坐在廊檐下，眼前月，心中情，两下一对照，就可以轻松拈一首出来。

七言律诗，明月直入，余韵袅袅，承用的典故也有趣。《客坐

赘语》有出处，明代顾起元写的，我一向读得潦草，因为涩滞难懂，通常是跳跃着捡中意的来读。他说的这个诗人，是南唐寺院里的小僧，毫不起眼，连名姓都没有，但行为举止颇为生动。

那一年也是中秋，禅房花木深，僧抬头，见月上中天，皎皎如玉盘，诗兴大发，吟得一句"此夜一轮满"，感觉甚妙，打算再续一句，苦思冥想，皆不满意。一直到第二年，秋夜又逢月圆，忽然福至心灵，脱口而出：清光何处寻。

夜半三更，寺院里的人都休息了，小僧一腔欢喜无处排解，翻来覆去睡不着，就跑去大殿撞钟。钟声清越悠远，惊醒了一城人。后主李煜派人擒他审讯，小僧也不隐瞒，据实相告。好在后主素来弄诗填词，知佳句推敲来之不易，赦他无罪。

中秋恰逢三秋之半，在古代是大节气。

焚香、拜月、燃灯、祈福，结伴登楼、赋诗，酒楼旗幡招展，丝篁笙箫之声鼎沸，即使陋巷贫寒人家，也不愿意枉过，到集市上沽一壶酒，一家人青粥小菜，小酌一杯，也是其乐融融。

诗中的桂彩，也是有的。桂花糕、桂花糖、桂花栗子羹，还有桂花酒、桂花茶。听说，采桂花不能使竹竿敲，因为是月宫里的仙树，需在树下点上蜡烛，热气熏了自然会飘落的。

我住的北方没有桂树，但有荞麦。荞麦得月而秀，中秋无月，则荞麦不实。"独出前门望野田，月明荞麦花如雪。"白居易的诗，是珍贵可喜的生活情境。

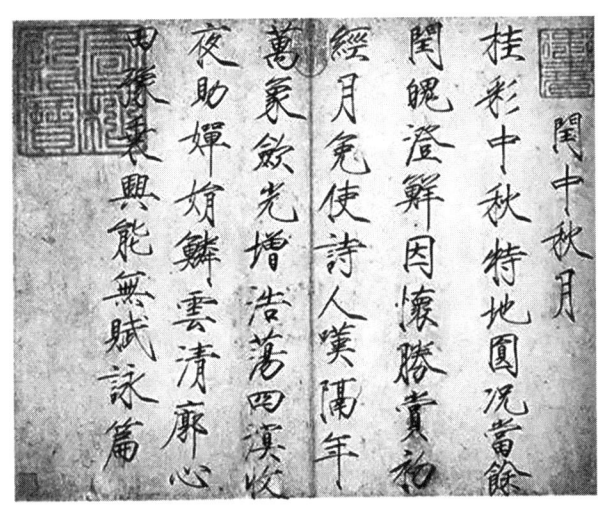

桂彩中秋特地圆,况当余闰魄澄鲜。因怀胜赏初经月,免使诗人叹隔年。万象敛光增浩荡,四溟收夜助婵娟。鳞云清廓心田豫,乘兴能无赋咏篇。

闰中秋比较少见。每数年积所余之时日为闰，古人依着月缺月圆推算，平均十九年才有一次闰中秋，但也不是固定，要根据节气物候，作相应的调整。

宋徽宗这一生，据史学家考证，有过三次闰中秋。元祐六年，他九岁，少年童稚，不会有如此高的书法素养。建炎三年，他四十七岁，山河凌乱，他被金兵掳囚于五国城，想来也不可能有这样的清廓心境。由此推断，《闰中秋月帖》应是大观四年，他登临天下，于朱墙金瓦汴梁城中所书。

他的书法，人称瘦金体。

也真是瘦。比西湖瘦，比飞燕瘦，比李清照的黄花，还要瘦上三分。

前人书法讲究藏锋，一笔当中有许多迂回，含蓄内敛，敦厚圆融，暗合的是为人处世之道，盖因锋芒是最容易折断的地方，不可长久。他偏不，一意孤行，所有该藏的锋，全部释放出来，运转顿挫，清晰分明，一出手就震惊了天下人。

端详那些字，身形修长，根骨峭拔，机锋四出，但并不觉得凌厉迫人，像《天龙八部》里段誉的六脉神剑，场面感强烈，颇有石破天惊、风雨大至之势，关键时刻，却是化气力于无形，不见剑光血影，只有一纸风花雪月的传奇。

人人都说他不是个好皇帝。

轻佻、浪荡、奢华无度、诸事皆能独不能为君……在他的身上，贴满了这样的标签，一层又一层，揭都揭不掉。而事实上，他也曾马踏边疆,金戈沙场,为大宋江山展开一幅风起云涌的画卷。

即位之初,他便广开言路,发布诏书求贤,虚怀纳谏,以"仁孝"治国,为元祐党争中被贬谪的官员平反昭雪,召回京城,铆足了劲儿,想有一番大作为。《玉海》卷一百九十四,记录着他的贡献:凡平青唐、吐蕃,全国建州四,军一,关一,城六,寨十,堡十二,收复夏国地数千里,筑军一,城七,寨五,堡垒二十四……

大凡为君王,有谁是奔着亡国去的?物阜民丰,春和景明,都是岁月里不泯的祈愿,只是国家兴亡,这么重的担子挑在肩上,要眉目舒朗,又要有严肃的态度,不负黎民苍生,总归是有些吃力。

为君难。

这三个字,篆刻在清朝雍正皇帝的印章上。掩着不为人知的叹,披星戴月的累,殚精竭虑的苦,以及噎在喉咙里的哽咽,一记一记,重重地落在御书上。

宋徽宗的印章,大多小巧规矩,避开字画的笔触,在空隙处加以钤盖,倘若字画贴着边角,实在避不开,就让人附上半寸宽的纸条。唯独一方花押,匹配无双,气势惊人。

浓重饱满的一笔,顿挫收势,又利落拖曳下来,恍若山雨欲来,江河滔滔飞流直下,有人说,是彰显其帝王身份,踌躇满志和万丈豪情。我在故宫博物院,穿越一席琳琅,于疏落灯影往来行人中,凭栏相看,忽然忍不住落泪。

天高地阔,皇祚无疆,却终是他镌刻下的这四个字:天下一人。

月色入户,苏东坡欣然起行,至承天寺寻张怀民。竹柏松影,庭下如积水空明,都是佳境。两人一起赏月,寂静无人处,窃窃说些体己话,明月直入,无心可猜,端的是心安意惬。

明末文章大家张岱,好美食,好骏马,好华灯,这一夜会各友于蕺山亭,且不吝笔墨给予记录:每友携斗酒、五簋、十蔬果、红毡一床,七百余人席地而坐。能唱歌的,同声唱"澄湖万顷",能喝酒的,畅情欢饮,又叫了梨园班子吹拉弹唱,半夜肚子饿了,到附近寺院找僧人借一口大锅煮饭,用大桶担过来吃,直到鼓打四更露水湿凉了衣衫才散。

普天之下,莫非王土,率土之滨,莫非王臣。

宋徽宗贵为皇帝,若要找人一起过中秋,根本不用起行,比张岱更多威风,一呼岂止七百应,七千七万七百万都可以,谁敢有片刻怠慢?

可是,又有什么用呢?

这样的欢愉,不是一声号令就能得到,更重要的是在座的人,未必是知己,未必要琴瑟在御,但一定是可以敞开了心扉,痛快说话的人,有君臣身份约束着,循规蹈矩,一席唯唯诺诺,谨谨慎慎,想想就兴味索然。

他还有一阕词,写的也是月。

> 无言哽咽,看灯记得年时节。
> 行行指月行行说,愿月常圆,休要暂时缺。
> 今年华市灯罗列,好灯争奈人心别。
> 人前不敢分明说。不忍抬头,羞见旧时月。

是他写给安妃的。

史书说她天资聪慧,心灵手巧,擅长女红。后宫妃嫔,吃穿用度,都有专人缝制供给。这一点算不得是什么特别的长处。但这一夜月下的出游和陪伴,他铭刻在心,念念不忘。

红颜薄命,安妃一病不起,三十四岁那年薨逝。他悲恸不已。因崔妃面无戚容,他怀疑安妃是被她整蛊害死,一怒之下,将其贬为庶人,追谥安妃为明节皇后,写下这一阕《醉落魄》。

不羡庙堂之高,不慕江湖之远,长安月下,一壶清酒桃花,他与世无争,只想过歌管闲逸的生活,书法,绘画,斗茶,造园,蹴鞠,制瓷。天青色等烟雨,而他只等雨过天青,浮生当下,这一晌清欢。

奈何,造化弄人。

他的哥哥哲宗突然驾崩,膝下没有子嗣可以继承江山社稷。兄弟十余人,要么早夭,要么身患疾病,要么牵扯到诸多纷争和利益,筛来选去,只有他最合适,皇太后一言九鼎,这煌煌天下注定要他来承担。

他在位的二十五年，是战争频繁的时代。辽、金、西夏，虎视眈眈，都想分得大宋一杯羹。他御驾亲征东征西讨。天下是打出来的，却非打架那么简单，兵荒马乱，生灵涂炭，马背上怆然回首，一颗心就有了转变。

建中靖国、崇宁、大观、政和、重和、宣和，从他用过的年号，也可窥得些许端倪。前三个尚有峥嵘气象，充满了希望和斗志，后三个则是钟鼓歇，繁华落，不再希求开疆拓土，只愿守一个"和"字，摒弃内忧外患，偏安一隅，一世长安。

常听人将他和后主李煜相提并论，都是亡国的君，都是文学艺术界的翘楚。两人的命运有着惊人的相似，甚至有记述，说他是李煜转世，他出生的那时候，父亲神宗正在欣赏李煜的画像，并大加赞赏，随后就听宫人报来消息，说他出生了。

其实两个人有根本的不同。以月来喻，李煜的月，是独上西楼的那一钩月，寂寞梧桐深院，月照阶前，锁一片清秋。徽宗的月，则是天上的一轮满月，清辉皓皓，无论达官贵族，还是黎民百姓，人人都可望得见，人人都可掬得一片月光。

他设立书、画、琴、棋院，并自封院长，将宫中所藏历代名画重新鉴定、装裱一新并亲为题签。

科举考试中，他首创"艺考"，每年以诗词做题目，让考生来画。山中藏古寺，踏花归来马蹄香，竹锁桥边卖酒家，碰撞出许多新创意，对书画艺术有很大的倡导作用。

他改革医官制度，兴办官药局，主持修订并亲自编撰医书，惠及百姓，由此衍生了人们"不为良相，便为良医"的志愿。

宣和年间，他广泛收集民间文物，特别是金石书画，组织编撰的《宣和书谱》《宣和画谱》《宣和博古图》，是美术史研究中的珍贵史籍，至今仍有极其重要的参考价值。

一个人很难成就一个时代，而一个时代可以成就许多人。

他的喜好与推崇，对宋朝的发展产生了深远影响，人才济济，书画家众多，村野莽夫也变得斯文起来，你蘸颜料画一朵花，他拈笔写一行跋，旁边那人看得心痒，又添上一只鸟，一时间江山沃野，处处是花枝春满，天心月圆。

看那时遗留下来的画卷，多是花鸟册页，偶有大轴磅礴山水，群峰叠嶂耸立，苍树寒枝，人物安于其中，都是点缀，独坐幽篁，或松下听琴，都是渺小，神情淡泊，弱到没有一丝野心。

靖康之乱，是他的万劫不复。

铁蹄铮铮，一路长驱直入，挟裹着疆域外的料峭风沙，席卷而来。他接到消息时，金兵已立马横刀于城下。摩挲在掌心的汝窑斗笠杯，哗啦一声坠落，雨过天青色，就这般散了将来。

他被金兵俘虏，异国他乡的土地上，做了阶下囚。

传说，关押期间，他受到各种非人虐待，蹲土坑，下田耕作，饥寒交迫，度日如年，连口热饭都吃不上，死后还被焚尸等等，要多惨就有多惨，其实都是人们的想象，似乎只有这样，才可以消解对他亡国的怨。

史书记载中，金人虽封他"昏德公"，言辞之间时有羞辱，但并未施加拳脚暴力，三餐饮食都有供给，天冷了也有棉衣穿，只是渔猎游牧部落，忍辱苟活，卫生条件到底比不得中原，没过多久，他身上就生了虱子。

他捉了一只，捂在手里左看右看，不知道是什么，又不敢询问门外的金兵，以免再遭揶揄和嘲讽。可是虱子跳来跳去，弄得他浑身发痒，夜半他用废纸糊了窗，偷偷写信给旧臣，"朕身上生虫，形如琵琶。"

这一句看得我又心酸，又好笑。

倘若老臣回信，告诉他是虱子，他会不会意兴湍飞，再捉上一只，效仿魏晋人物，扪虱而谈？

赵孟頫《秋深帖》：一笺秋风凉

秋深渐寒。

推测日期，该是在寒露和霜降之间。寒露以前，天地始肃，晚风凉，衣衫里虽有几分清冷，但还感觉不到寒。霜降以后，西风漫卷，无边落木萧萧下，寒气就深重了。

赵孟頫的书画，关于秋天的有很多。墨分五色，浅深浓淡漾开，宣纸上秋意琳琅，给友人写《新秋帖》；画《秋郊饮马图》，骏马十余匹驰逐于野水长堤；行书抄录《秋兴赋》《秋声赋》；还有《秋深帖》《鹊华秋色图卷》《杜甫秋兴八首》……

从宋代的烟雨天青中走出来，他以飒飒秋声为引，方寸之间，集晋唐书法之大成，开辟了属于自己的一纸江山。

故宫博物院书画展，他独当一面，作品一百零七件。展牌以淡墨山水为背景，是这样介绍的：一位文人，历经宋元两代，面朝四海，荣际五朝。书法超迈唐宋，承继二王，备极姿韵与法度，绘画开启了文人画的新时代。

《秋深帖》是其中之一。

据考证，这是赵孟頫替夫人写的一封家信。若从专业角度来看，不算是他的最好，之所以被人们普遍关注，该是笔墨之间缱绻的那一份情。

情之一字，柔到浓时，百转千肠。武将冲冠一怒，帝王烽火戏诸侯，个个惊天动地，赵孟頫不声不响，拈笔作书，不比汉代张敞替夫人画眉浪漫，但家人闲坐，灯火可亲，更有动人之处。

秋天的庭院里，菊有黄华，松风送凉。赵孟頫喜欢松，自号松雪道人，两把最爱的古琴，一曰大雅，一曰松雪，临池假山旁构筑的房子，名字就叫松雪斋，又篆刻一方朱文长方印"松雪斋"，钤在自己的书画作品上。

他的夫人管道昇，并非目不识丁，不通文墨。温良淑德之外，也是才华过人，善画梅竹，亦能书，笔意清绝，人称"管夫人"，与东晋的女书法家、王羲之的老师"卫夫人"，并称历史上的"书坛两夫人"。

也许，彼时她正忙着预备给婶婶的礼物，蜜果四盒，糖霜饼四包，都是秋天新做的，要送给婶婶尝一尝。郎君鲞营养丰富，要买上二十尾。柏籽油做的蜡烛，也要收拾出来一些，婶婶烧香拜佛的时候可以用。很长时间不见了，心里一直惦记着，只是家事繁忙，总也抽不出时间。

湘帘檀几，堆着日常翻阅的书卷，赵孟頫俯首于案头，一分墨化开三分柔情，寒暄问候，按照夫人的碎碎赘述，把这些欢喜的琐事全都记下，大约他在下笔的时候，脸上也会有笑。

赵孟頫是宋太祖赵匡胤十一世孙，秦王德芳的后代，自五岁起，就开始习学书法，拈笔之间有天然的贵气，端庄静穆，肃肃如松下风。据说，董其昌自恃书法高迈，一生视赵孟頫为对手，孜孜以求，梦想超越，较了大半辈子劲儿，到了垂暮之年，终于承认赵孟頫为"书中龙象"。

一封家书，对赵孟頫来说，是千斤拨四两，轻松又容易。一笔下去，云开雾散；两笔下去，洪波涌起；三笔过后，萧萧送雁群。到落款时，已不知秋思落谁家，顺手就署上了自己的名字，待搁笔时才恍然一惊，发现错了。

白纸黑字，落了笔便是见证。弃旧图新，换一张纸重新书写，已不复当时心境。就像王羲之写《兰亭集序》，想重新誊写一遍，总是不如意，好在书信是私人间往来，不是奉旨而做，没有那么严肃和严格，不必一字不错，字字极佳。不小心写错字了，可以勾掉重写，偶尔写漏字了，就在旁边补上。

赵孟頫这一笔改得巧妙，直接在字形上涂改，重笔出之，子昂二字，就此改成了道昇，正应了那首《我侬词》：我泥中有你，你泥中有我。

倘若不是后人临摹时将墨迹放大了看，无意中窥破这个秘密，道昇跪复婶婶夫人妆前,道昇久不奉字,不胜驰想,秋深渐寒,计惟淑履请安。近尊堂太夫人与令侄吉师父,皆在此一再相会,想婶婶亦已知之,兹有蜜果四盉,糖霜饼四包,郎君鲞廿尾,烛百条拜纳,聊见微意,辱略物领,诚感当何如。未会晤间,冀对时珍爱,官人不别作书,附此致意,三总管想即日安胜,郎娘悉佳。不宣,九月廿日,道昇跪复。

只怕世间没有人知晓,这一帖的背后,竟还有这样缱绻又多情的一笔。

《我侬词》的作者,很多人都说是管道昇。说当时社会上的名士纳妾成风,赵孟頫不能免俗,也想纳妾,但不好向妻子明说,就作了首小词示意:"我为学士,你做夫人,岂不闻王学士有桃叶、桃根,苏学士有朝云、暮云。我便多娶几个吴姬、越女无过分,你年纪已四旬,只管占住玉堂春。"

管道昇读后,便填写了这一首《我侬词》:

你侬我侬,忒煞情多。情多处,热如火。把一块泥,捻一个你,塑一个我,将咱两个一齐打破,用水调和。再捻一个你,再塑一个我,我泥中有你,你泥中有我,我与你生同一个衾,死同一个椁。

赵孟頫读后,羞愧万分,打消了想要纳妾的念头。

文学史上有太多这样的故事,最早记载的是卓文君,得知司马相如想聘茂陵人女为妾,作《白头吟》相决绝,相如乃止。后又有元代戏剧家关汉卿,看上了夫人陪嫁的丫鬟,想娶为小妾,写了一首小令试探,夫人万贞儿冰雪聪明,立刻回了一首打油诗,"闻君偷看美人图,不似关羽大丈夫;金屋若将阿娇贮,为君喝彻醋葫芦。"关汉卿看后只好作罢,夫妻二人重归于好。

不知道为什么,我总觉得不可信。当真是春心蠢动,岂是一首小词就能圈得住。生活需要岁月静好,故事则要动荡不安定。

倘若无风无波，平淡到没有一点悬念，看的人也就倦了，总要打翻几次醋坛子，掀起一些波澜，逢了九九八十一难，所谓的人间佳话，才有了不灭的流传。

翻看赵孟頫写给友人的书帖，提到管道昇的时候，惯常的称呼有两个，一是山妻，一是老妻。

他这一生，说起来也算是波折，少年时就遭逢国破山河碎，历经忧患。元军攻占了南宋都城临安，南宋灭亡，他和家人为躲避战祸，回归故乡隐居。

元世祖忽必烈委派官员下江南搜访优秀人才，他被乡人推荐，得元世祖器重，赞他才气豪迈，惊呼为"神仙中人"，立刻授官职给他。

他以才华平步青云，却也因才华所累。世间万物都有两面性，得到一些，便要失去一些。

贬他的人，以儒家伦常理论衡之，身为宋室后裔，却入仕元朝，有失节之骂，认为他没有一点风骨，因薄其人而薄其书。

赞他的人，称他宋元数百年间，可谓独步，后亦无人继此绝响。

站在旁观者的角度想一想，摆在他面前的道路不过三条，一是光复先祖大业，而元朝金戈铁马的骁悍里，大宋的力量终是赢弱，即便揭竿而起，胜的未必就是赵家天下；二是隐居故乡，默默无闻度过一生；三是仕元，延续和传承翰墨遗韵，为后人留下一泓文脉，对于宋，未尝不是另一种救赎。

他被任命为江浙"儒学提举",任职杭州,掌管州县学政。政务之余,携妻居山水间,汲山泉,拾松枝,弄笔窗前,展所藏法帖、墨迹、画卷纵观,随纸笺大小作数十字,兴起时,吟小诗或草书一两段,"山妻对饮唱渔歌,唱罢渔歌道气多。风定云收中夜静,满天明月浸寒波。"这是他的《与师孟书》。

管道昇比赵孟頫小七岁,称呼老妻,似乎有点不合规范。古代重礼制,有关妻子的称谓,信手拈来就有一堆,拙荆、执帚、娘子、夫人、糟糠、贱内,在他看来,哪一个都不如老妻。

老,是似水流年的沉淀,一寸光阴一寸老,附着掌心纹路的温度,生命里绵长的印记,以及无法逆转的猎猎光阴,越老越有味道,越老越见厚重。老屋如此,老友如此,老妻更是如此。

执子之手,与子偕老。他珍重这咫尺之悦,像一对平凡的夫妻,深柳画堂,相濡以沫,一起慢慢变老,老到地老天荒,白发苍苍,仍是彼此的不离不弃。

世间意外的到来,总是比明天更早一些。

管道昇身患疾病,请了名医熬了很多汤药,总是不好,病情越来越重,赵孟頫想带她回家乡休养,向皇帝请旨,再三恳请,才得恩准。从元大都出发,催舟南下归途中,管道昇病逝。

管道昇流传下的作品不多,但教子有方,"赵氏一门"墨香不绝。元仁宗曾将赵孟頫、管道昇及赵雍书法合装一卷轴,藏之秘书监曰:"使后世知我朝有一家夫妇父子皆善书,亦奇事也。"

酷暑长途三千里，赵孟頫护柩归来，亲笔撰写《魏国夫人管氏墓志》。赵孟頫为魏国公，魏国夫人即是管道昇。

墓志为悼念性文体，立德，立言，立行，一字一句都要由工匠镌刻于石碑上，石碑坚硬冰冷，深情无处可栖，只有一忍再忍，一退再退，直到退出笔墨之外。

《南还帖》则是私信，是赵孟頫写给中峰和尚的：

孟頫得旨南还，何图病妻道卒，哀痛之际，不如无生。

中峰和尚是元代高僧，钱塘人，俗姓孙，书法也是独特，用笔尖起尖出，就像柳叶一样，袅袅濯濯，可临水带烟藏翡翠，亦可绝胜烟柳满皇都。元仁宗曾召请中峰和尚入宫，他坚决推辞，只接了绣着金文的伽梨衣。谥号为"普应国师"，是佛教史上的一个重要人物。

赵孟頫夫妇积善向佛，对中峰和尚敬重有加，皆以弟子礼师事。家事忧事迷津之事，都要跟他说一说。

因为老妻无恙时，曾有普度之愿，当时中峰和尚也曾答应过，赵孟頫希望请他能够下山，但中峰和尚身体有疾，未能如约而来。

普度之愿，是妻子留下的念想，无论如何都要努力帮她实现。他记挂在心上，一时一刻都不忘。吃不好，也睡不安稳。《两书帖》《入城帖》《还山帖》《醉梦帖》，反复说的都是此事，再三恳请师傅一临，以慰存殁之心。

《丹药帖》中,他写:

惟师傅慈悲必肯为弟子一来,若蒙于他故见拒,则是师傅于亡妻,不复有慈悲之念。

看到这里,我已是泪落不止。

三十年夫妻,爱情早已在红尘烟火中融为化不开的亲情,就像左手和右手,是不可分割的一体,是永远的牵绊。左手抚右手,也许平淡,而当失去一只的时候,那种空荡荡的难受,足以让人哀痛之极,涕泪长流。

中峰和尚被疾病羁绊,最终没有下山。管夫人祭辰那天,由千江庵主主持普度一事,日诵法华,夜施十灯十斛,兼三时宣礼法华忏法。赵孟頫不眠不休,整整一个昼夜,为妻子完成了生前心愿。

管夫人死后三年,赵孟頫亦追随而去。两人合葬于德清县东衡里,至今仍有遗迹。

赵孟頫有一幅《自写小像》,现藏于台北故宫。画中竹林清幽,溪流绕石,水波微微荡漾,他站在竹林之中,白衣宽松飘逸,手握一枝藜杖,目光遥遥看向远方,不知道在沉思什么。我端详许久,忽然想起一句歌词:

秋天该很好,你若尚在场。

徐渭《煎茶七类》：煎茶记

读徐渭的《墨笔花卉册》，犹如一川烟草，满城风絮，每一幅都是走笔如飞，荷在风中凌乱，葡萄洇染得没有了形状，牡丹自古国色天香，占得花魁第一枝，也被他捐去了姹紫嫣红，只留一团苍老暮烟色，伴他眠于漫天飞雪中。

历代书画史上，他大概是最不幸的一个了。

明正德十六年，他在绍兴出生。家中添丁进口是喜事，对于他的父亲来说，晚年纳妾又得一子，更是双喜临门，准备好好庆祝一下，然而他还没过百天，父亲就亡故了。

家道中落后，他的生母被逐出家门，骨肉分离，他寄人篱下，日子原本就不好过，后来嫡母兄长又相继去世，身无所寄，他入赘到当地潘家。

他六岁读书，九岁作文，文思敏捷下笔成章，被人们誉为神童，想参加科举考试，走仕途之路，谁知屡遭挫折，考了八次都是名落孙山。其间，妻子潘氏得病去世。

浙闽总督胡宗宪欣赏他的才识，将他招入府中作幕僚。才华显露，人生刚刚有了起色，灭顶之灾从天而降，胡宗宪被人弹劾贪污，被降旨问罪。他担心因受案件牵连，精神高度紧张抑郁以至神经错乱。

他曾九次自杀，一次以利斧打击自己头部，血流被面，头骨皆折，一次把三寸长钉刺入左耳……因怀疑继妻张氏不贞，他持刀将她杀死，因此再次入狱……

越读越怵目，越读越觉得惊心。

初秋的天气，早晚都有了凉意，而那些铺陈在他人生里的寒，比凉更逼仄凛冽一层，真的有雪上加霜似的冷。

这样的时候，原本是不适合读徐渭的。凉与寒碰撞，碎冰碴子一般飞溅，在眼前嗖嗖而来，让人无处可躲。好在，他的书法里还氤氲一份暖意。

《煎茶七类》是徐渭的行书卷，短而雅。

一、人品。煎茶虽微清小雅，然要须其人与茶品相得，故其法每传于高流大隐、云霞泉石之辈、鱼虾麋鹿之俦。

二、品泉。山水为上，江水次之，井水又次之。井贵汲多，又贵旋汲，汲多水活，味倍清新；汲久贮陈，味减鲜冽。

三、烹点。烹用活火,候汤眼鳞鳞起,沫浡鼓泛,投茗器中,初入汤少许,俟汤茗相浃,却复满注。顷间,云脚渐开,乳花浮面,味奏全功矣。盖古茶用碾屑团饼,味则易出,今叶茶是尚,骤则味亏,过熟则味昏底滞。

四、尝茶。先涤漱,既乃徐啜,甘津潮舌,孤清自萦,设杂以他果,香味俱夺。

五、茶宜。凉台静室,明窗曲几,僧寮、道院,松风竹月,晏坐行吟,清谈把卷。

六、茶侣。翰卿墨客,缁流羽士,逸老散人或轩冕之徒,超然世味者。

七、茶勋。除烦雪滞,涤醒破睡,谭渴书卷,此际策勋,不减凌烟。

徐渭自跋,此七类乃唐代卢仝所作,因旧编茶类似冗,他抄录时稍作了修改。

卢仝好茶成癖,著有《茶谱》,被世人尊称为"茶仙"。七碗茶诗之吟,最为脍炙人口,至今广为传诵。但有学者考证,其中所记品饮法非唐代所有,文字与明代陆树声《茶寮记》雷同。

徐渭是爱茶之人,写过很多茶诗,也画过烹茶图,还依陆羽之范,撰有《茶经》一卷,只可惜已经散佚难寻。

他被誉为"有明一代才人",能操琴,谙音律,爱戏曲,诗文书画无一不精,而他自言,书法第一,诗第二,文第三,画第四。

坦白说,我也是这么觉得。尤其是这一卷,没有枯藤绕树的线条,也没有狂风骤雨乱石铺街的风格,独有一份温暖惬意,即

册页晚——古书法名帖里的禅意之美

一、人品。煎茶虽微清小雅,然要须其人与茶品相得,故其法每传于高流大隐、云霞泉石之辈、鱼虾麋鹿之俦。

二、品泉。山水为上,江水次之,井水又次之。井贵汲多,又贵旋汲,汲多水活,味倍清新;汲久贮陈,味减鲜冽。

三、烹点。烹用活火,候汤眼鳞鳞起,沫浡鼓泛,投茗器中,初入汤少许,俟汤茗相浃,却复满注。顷间,云脚渐开,乳花浮面,味奏全功矣。盖古茶用碾屑团饼,味则易出,今叶茶是尚,骤则味亏,过熟则味昏底滞。

四、尝茶。先涤漱,既乃徐啜,甘津潮舌,孤清自萦,设杂以他果,香味俱夺。

五、茶宜。凉台静室,明窗曲几,僧寮、道院,松风竹月,晏坐行吟,清谈把卷。

六、茶侣。翰卿墨客,缁流羽士,逸老散人或轩冕之徒,超然世味者。

七、茶勋。除烦雪滞,涤醒破睡,谭渴书倦,此际策勋,不减凌烟。

兴与自在。

《煎茶七类》落款，壬辰秋仲。

想象着那个秋天，石帆山下朱氏三宜园，风朗气清，亭阁小桥环绕绿竹，庭前的桂花开了一树。他与久未谋面的几个老友，花树下共一壶茶，闲谈叙旧，诗文酬唱，眼看着日头到了正午，纸上还空着一大片，想起前人书中的茶句，正好抄录出来应个景。

气势磅礴的狂草，是他的擅长，人称"八法散圣，字林之侠客"。酒类侠，酒放豪肠，七分酿成了月光，余下三分啸成剑气，而茶类隐，门前净扫，香风闲对，竹里茶烟小帘栊，无一点沉浊气，宜用行书，一臂轻悬舒缓行之。

读他的《煎茶七类》，就像读一册喝茶指南，和什么样的人喝，用什么样的水，怎么烹煮，怎么喝，在什么地方，喝了有什么好处，其中的旨要与精髓，细细道来。

书为心声，见情见性。他的人生中苦无尽头，乐难顿段，得乐时且零碎乐些。

他说的茶宜，凉台静室，明窗曲几，家中就可得，僧寮，道院，松风竹月，则是出尘之处，要往远处寻一寻。晏坐行吟，清谈把卷，则要再添上三五人，这就又回到其一和其六，人品和茶侣上了。有了志同道合，还要有其三，一个会烹茶的人。茶烹好了，该其三了，先涤漱，再徐啜……

一群爱茶的人，茗碗炉烟，逍遥处折枝布席，汤响松风听煮茶，当是人生中的酣畅快意，若没有提壶相呼的人，独自为之，也可拈得一份小惬意。来读他的《茗山篇》：

> 知君元嗜茶，欲傍茗山家。
>
> 入涧遥尝水，先春试摘芽。
>
> 方屏午梦转，小阁夜香赊。
>
> 独啜无人伴，寒梅一树花。

茶山找个人家小住，门前就有小溪涧水流过，舀一瓢品尝，清凉甘甜，早春摘的嫩芽制成茶，小阁楼上摊开晾着，香气清芬弥散得到处都是，半夜一觉醒来，忍不住想要尝尝鲜，没有人陪着，也不觉得孤独，窗前一树梅花开着，煮水煎茶，正好是其一情境，微清小雅。

《陶学士烹茶图》是他的代表作，也该是他的自画像。画上题诗"醒吟醉草不曾闲，人人唤我作张颠。安能买景如图画，碧树红花煮月团"，画上一位苍发老者，树下一个人拥炉烹茶，悠然品啜，神情陶然，分明是一个痴茶者。

人有痴，便有了几分可爱。

宋代李清照写：赌书消得泼茶香。

他也赌。赌赢了，得后山茶一筐，赌输了，就要给人画十八把扇画。

后山茶系当时名茶，产于上虞县后山，得知朋友钟元毓家里新购了此茶，他找上门去，要画扇赌茶。两人写下字条为契，徐渭就开始画，当时他已是年届七旬的老人，画到喉干舌燥，腰酸背痛两臂无力，才画到一半，只好放弃，对钟元毓说："茶契我烧了，扇债你也免了吧！"

钟元毓是他的朋友，因仰慕徐渭诗画才情，与他结为忘年交。小赌只为怡情，并不较真，照样派人送茶过去，徐渭收到茶十分开心，立刻回信，"一穷布衣辄得真后山一大筐，其为开府多矣！"

开府是四川的蒙山茶，亦是名茶。而钟元毓慷慨相送，君子成人之美，在他看来更为珍贵。

徐渭自号青藤老人，以泼墨大写意花卉，开一代画风，成为青藤画派之鼻祖。

他喜欢把梅花与芭蕉画为一图，有《梅花蕉叶图》《芭蕉梅花图》，又有《雪蕉梅竹图》。

大概是从王摩诘《雪中芭蕉》得来的灵感吧。大雪里画一株翠绿芭蕉。雪是北方冬天的景象，芭蕉则是南方的热带的植物，一棵芭蕉如何能在大雪里不死呢？因此成了绘画史里争论极多的一幅画。

梅花也是开在冬天，他去掉雪画梅花，冬仍是冬，然非王摩诘之冬，他自己的解释是，芭蕉叶青，梅花白，放在一起就是清白，以此抒发一份心怀。所以他认为，蕉叶尽胜摩诘雪。

现实生活里，花卉四时有序，不能报与一处开，而从艺术美学来讲,绘画讲究乘物以游心,游心于无穷,游心无穷,像《庄子》的逍遥游,笔墨里应该有大自由。

泼墨成画,纸上繁花乱开。他的《写生卷》五段,分别是鲤鱼破浪、菡萏凌波、贝壳菖蒲、石榴绽珠、月季芭蕉。《杂花图卷》纸连十幅,牡丹、石榴、荷、梧桐、菊、瓜、豆、紫薇、葡萄、芭蕉、梅、水仙十二种花卉聚为一图。

他的茶道,亦是这样乱。梅、兰、菊、莲等近十种花杂入茗中,盛锡瓶内,"隔水煮之,一沸即起。"取众花之芳香熏制花茶。

他的人生,就像这些画和茶,有冷有暖,有痛有笑,有困苦,也有闲逸,有孤独,也有热闹,有花团锦簇,也有风霜雨雪,白茫茫一片,种种杂糅在一起,成就了独一无二的他。

人与茶之间,总有那么多相似的地方。新叶成茶需要晾晒,杀青、回锅、揉捻、挤压、烘焙等数十道工序,而人生于世,也需要经过岁月的磨砺,去浮,去躁,才能完完全全地溢出生命的脉脉清香。

他生前潦倒,笔底明珠无处卖,卖貂,卖磬,卖书,卖兰花,心爱之物变卖殆尽,家里四壁皆空。死的时候,床上除了一堆乱稻草,连一张完整的草席也没有。

明朝末期,"公安派"领袖人物袁宏道某天夜里随意抽架上书,偶然读到徐渭的一本诗文稿,灯影下读了几篇,不禁拍案叫绝,并惊问,何人作者?今人?还是古人?

此后，袁宏道四处搜寻徐渭的文稿，并写了一本《徐文长传》，大力宣扬，徐渭声名鹊起，被后人仰视和赞叹，甚至顶礼膜拜。

扬州八怪之一郑板桥，最爱他的诗画，自言"愿为青藤门下走狗"。又刻印一方：青藤门下走狗。

虽是后辈虚心，但"走狗"二字毕竟不雅，世之营营扰扰，奔趋如狗者众矣。私以为，若真心投身于青藤先生之门下，倒不如做个书童，磨墨理纸，为他煮一碗老茶。

郑虔《柿叶书》：柿子红了

书架上有一本《酉阳杂俎》，很多年以前买的，偶尔拿起来翻一会儿。

笔记小说就有这一点好。无需连贯阅读尽可以信手翻之，小离奇、小偏僻、小荒唐、小骇人，翻到什么就读什么，拿得起也放得下。

今天读到一则，是写柿树的。

柿有七绝：一多寿，二多荫，三无鸟巢，四少虫蠹，五霜叶可玩，六佳实可啖，七落叶肥厚，可以临书。

段成式是唐朝人，做过秘书省校书郎。读书破万卷，披览古今，落笔丰盈玄妙，一把盐也可掬月而生，昆吾陆盐周十余里，无水，自生末盐，月满则如积雪，味甘，月亏则如薄霜，味苦，月尽则全尽。

小时候吃过一种盐水柿子，温开水把盐化开，再把干净的柿子放进去，泡上一个星期，就可以吃了。吃的时候削皮，清凉爽口。如果用这满月之盐来泡，应该会更多一味甘。

落叶肥大，可以临书，这一句是有故事的，指的是唐朝的郑虔。

诗圣杜甫称赞他"荥阳冠众儒"、"文传天下口"。若与段成式柿叶论诗，也该是一桩美谈，但按年龄推算，郑虔要比段成式年长一百多岁，大概是论不起来的。

郑虔的名字读来颇为吉利：挣钱。而现实很无奈，进京赶考名落孙山，困居在长安慈恩寺。想要学习书法，却无钱买纸，于是才有了落叶临书。

慈恩寺清幽，树木茂盛，郑虔在树下捡拾落叶。柳叶狭窄，不宜临书。杨叶阔大，筋骨舒展，却是薄而脆，稍微一用力就碎掉了。梧桐一叶落而知秋，纷至沓来，但是不够绵软，下笔有涩滞。窗下的芭蕉叶更是不能用，早也潇潇，晚也潇潇，他这身如浮萍之人，只怕是要悲从心来，泪湿青衫了。

反复对比，郑虔最后选择了柿叶。柔软绵密，温润合度，且有了经霜的韧劲，笔走墨留，和叶片的脉络融为一体，有一种浑然天成的意趣。

慈恩寺的柿树多，落叶被僧人们扫集起来，堆在偏殿小屋用来冬季烧火取暖。得方丈允许，郑虔借得僧房一间，每天闭门不出，临篆，行楷，写完一叶，再取一叶，写完一屋，再开一屋，篆书里觅明月前身，水波潋潋，草书里观长风浩荡，怒马关山……

不是要修身养性，也不是无聊烦闷时的消遣，只因为考试中，书法是很重要的一项。

汉代许慎的《说文解字序》记载，"学童十七以上始试。讽籀书九千字，乃得为吏。又以八体试之。郡移太史并课。最者以为尚书吏。书或不正，辄举劾之。"

也就是说，诵读籀书九千字，才可以成为吏，进一步升迁还需要考试八体，这八体指的是大篆、小篆、刻符、虫书、摹印、署书、殳书、隶书。考试通过当了官以后，书法也不能怠惰，奏折上的字写不好还会被人弹劾。

隋朝时更加严苛。读书人参加考试时，试题由皇帝亲定，监考官则是朝廷中德高望重者，还有监考员轮流在考场内巡视，字有脱误者，要被点名到后面站着，书迹滥劣者，要罚喝墨水一斗，文理孟浪无可取者，则要被驱逐出去。

古时的墨，材料取自天然，并无毒害作用，喝下去也不会影响健康，当众被罚站，喝墨水，驱逐出门，更多的是面子上的难堪。会遭到众人的耻笑，并当作笑话一样，讲给更多的人听，沸扬得天下人皆知，这样的惩罚，比私下里暴打一顿更让人难受。

人都是爱面子的，读书人更是如此，十年寒窗图破壁，头悬梁，锥刺股，除了苦读诗书，具备深厚的经史功底，卓越的诗文能力，还要勤练书法，具备相当的书法造诣。笔端系着蟾宫折桂的念，治国平天下的愿，也关乎着脸面的尊严。

到了唐朝，玄宗李世民驰马定天下，刀剑豪情下也有三分儒雅，临魏晋书帖，学书于当朝书法家虞世南，并大力提倡书学。书法是读书人的必修课，要求"学字日纸一副"，吏部选拔官员标准有四：一为身，体貌端正；二为言，言辞辨证；三为书，楷法遒美；四为判，文理优长。选拔顺序，先试"书、判"，后察"身、言"，倘若书法不佳，第一关就被淘汰掉了。

书法作为考试项目，有人说是压抑个性，会导致千人一面，但我觉得，形是章法，意是个体，无形不能成字，无意则不能成书。同样的字体，细看也是因人而异，有参差变化，动若江河，静若山岳，疾如飞鸟，缓如潺流，和而不同，才有了书法之美。

而且有人督促和鞭策着，总不至于怠惰和荒废，如今倒是自由，想练就练，写不好也没人逼着喝墨水，学书法的人越来越少，能写一手好字的人也是越来越少。就连春节的对联和福字，大多也是印刷品代替了。

书法上没有捷径可走，说来说去，其实就一个字——练。冬练三九，夏练三伏，笔成冢，墨成池，都是千锤百炼出来的真功夫。

一刀宣纸，少则上百元，多达上千，甚至上万。洛阳纸贵，三思而后动，生怕一笔废掉，柿叶却可以随地捡拾，漫手而书，不花一文钱，有草木的清气，亦有天地光阴的美意。

《唐才子传》卷二记载，郑虔诗书画皆妙，合成一卷，唐玄宗看到后，御笔亲题：郑虔三绝。

不仅如此，郑虔对医药也有研究，写过一本《胡本草》，还编撰过历史书，人称"广文先生"。他被贬任的台州，自设郡以来，官吏往来纷纷，独他以司户著称，被推崇为"文教之祖"。

他与杜甫是莫逆之交，与李白、王维、岑参为诗酒友，往来酬唱，一定有很多墨迹，只可惜，他的作品大多散佚，流传至今很少。只有那些走远的柿叶知道，浮沉在纹路深处的旧事，有着怎样的惊艳与传奇。

民国草书大家于右任，吉光片羽中，得一个"于"字。出自他的草书长卷《大人赋》，是西汉辞赋家司马相如之作，文字冷僻，拗口难读，他书以狂草，凌空取势，逆锋落笔，深深浅浅，浅浅深深，纡屈如转环，一片化机，不可捉摸。汉唐艺术合璧，一时倾倒众生。

郑虔的柿叶临书，原本是窘迫困顿之举，人们觉得古雅可爱，不断有人效仿。

唐代诗人戴叔伦，过龙湾五王阁访友人不遇，坐在门前树下等，眼看着到了中午，友人还没有回来，饥肠辘辘，想留个字条就此告别，但可惜秋深柿叶稀少，写不下几个字。

宋代诗人杨万里却是幸运，满山柿叶正堪书，一边写诗，一边回忆家乡的野塘味。那是鸡头子的味道，软温新剥，滑腻饱满，撒上一小撮糖桂花，香气四溢，甘甜润滑，诗的名字就叫《鸡头子》。

册页晚——古书法名帖里的禅意之美

世有大人兮,在于中州。宅弥万里兮,曾不足以少留。悲世俗之迫隘兮,揭轻举而远游。乘绛幡之素蜺兮,载云气而上浮。建格泽之长竿兮,总光耀之采旄。垂旬始以为幓兮,抴彗星而为髾。掉指桥以偃蹇兮,又旖旎以招摇。揽欃枪以为旌兮,靡屈虹以为绸。红杳渺以眩湣兮,猋风涌而云浮。驾应龙象舆之蠖略逶丽兮,骖赤螭青虬之蚴蟉蜿蜒。低卬夭蟜据以骄骜兮,诎折隆穷躩以连卷。沛艾赳螑仡以佁儗兮,放散畔岸骧以孱颜。蛭踱輵辖容以委丽兮,蜩蟉偃寋怵煞以梁倚。纠蓼叫奡踏以艐路兮,蔑蒙踊跃腾而狂趡。莅飒卉翕熛至电过兮,焕然雾除,霍然云消。

邪绝少阳而登太阴兮,与真人乎相求。互折窈窕以右转兮,横厉飞泉以正东。悉征灵圉而选之兮,部署众神于瑶光。使五帝先导兮,反太一而从陵阳。左玄冥而右含雷兮,前陆离而后潏湟。厮征北侨而役羡门兮,属岐伯使尚方。

祝融惊而跸御兮,清雾气而后行。屯余车其万乘兮,綷云盖而树华旗。使勾芒其将行兮,吾欲往乎南嬉。历唐尧于崇山兮,过虞舜于九疑。纷湛湛其差错兮,杂遝胶葛以方驰。骚扰冲苁其相纷挐兮,滂濞泱轧洒以林离。攒罗列聚丛以茏茸兮,衍曼流烂坛以陆离。径入雷室之砰磷郁律兮,洞出鬼谷之崛礨嵬石裹。遍览八紘而观四荒兮,揭渡九江而越五河。

经营炎火而浮弱水兮,杭绝浮渚而涉流沙。奄息葱极泛滥水嬉兮,使灵娲鼓瑟而舞冯夷。时若薆薆将混浊兮,召屏翳诛风伯而刑雨师。西望昆仑之轧芴洸忽兮,直径驰乎三危。排阊阖而入帝宫兮,载玉女而与之归。登阆风而遥集兮,亢乌腾而一止。低回阴山翔以纡曲兮,吾乃今目睹西王母曤然白首,戴胜而穴处兮,亦幸有三足乌为之使。必长生若此而不死兮,虽济万世不足以喜。

回车揭来兮,绝道不周,会食幽都。呼吸沆瀣兮餐朝霞,噍咀芝英兮叽琼华。僄侵浔而高纵兮,纷鸿涌而上厉。贯列缺之倒景兮,涉丰隆之滂沛。驰游道而循降兮,骛遗雾而远逝。迫区中之隘陕兮,舒节出乎北垠。遗屯骑于玄阙兮,轶先驱于寒门。下峥嵘而无地兮,上寥廓而无天。视眩眠而无见兮,听惝恍而无闻。乘虚无而上遐兮,超无有而独存。

南宋诗人陆游善书法,尤善行草书,有十余首《学书》,其中就有一首:九月十九柿叶红,闭门学书人笑翁。世间谁许一钱直?窗底自用十年功。

柿树有"凌霜侯"的美名,霜降过后,柿叶红了,柿子也红了。

柿子家族庞大。牛心柿、金瓶柿、面担柿、火罐柿、火晶柿、葫芦柿,多得数不过来。有的直接以采摘时节命名,早秋、新秋、甘秋、太秋。还有一种椑柿,果实小,色青黑,可制柿漆,又称漆柿、绿柿。

明代文学家张岱,好鲜衣,好骏马,好华灯,好烟火,好梨园,好鼓吹,好古董,好花鸟,也好吃柿子。杭州萧山的方柿,在他看来,皮绿者不佳,皮红而肉糜烂者不佳,必树头红而坚脆如藕者,才能称得上是绝品。

有一年,张岱在鹿苑寺,发现十几株方柿。六月歊暑,柿大如瓜,吃起来如咀冰嚼雪,人的眼睛都为之而清明了。后来他又吃过一次,苦涩得不能入口。问了才知道,当地人以桑叶煎汤,等到汤冷了之后,加盐少许,放到瓮中,把柿子浸泡在其中,隔两晚上取出来吃,才得那般鲜美之味。

我所在的北方,邻近太行山脉。柿子主要的品种,一是磨盘柿,形似磨盘,皮薄汁多;一是小柿子,个头小巧,味道蜜甜,最适合晒柿饼。

山路十八弯，层林尽染，房檐下三两棵，山坡上七八行，低处的，伸手就能摘到，高处的，霜打风吹更红更甜。山里人慷慨，带了镰刀到树上，一枝一枝砍掉往下扔。

满地的柿叶，没有人临书。在山里人家喝的柿叶茶，是夏天的鲜叶，沸水冲烫，捞出放在背阴处晾干，或放在锅内用小火烘干，然后泡水喝就可以了，味道有一些苦，据说可以降压、降血脂。相当于一味药。

熟软的柿子，覆着细细的白霜，软且甜，像裹着一兜蜜，摘下来可以直接吃掉，但不方便带走，稍微一挤压，就汁水爆裂了。

摘了两袋硬柿子回家。让柿子变软的方法很多，放一两个梨，或者苹果催熟，或者在柿子皮上抹点白酒，三五天就会变软。

其实，哪里用那么着急呢。就在窗台挨个摆好，等柿子慢慢变软。软一个，吃掉一个，慢慢吃，可以一直吃过冬天。

米芾《道林帖》：道林之客

见字如晤。

多少山长水阔，多少悱恻缱绻的心思，就这样温柔地在眼底眉梢融化了。

翻看米芾的诗文书帖，茶香几度扑面。《道林帖》是其中之一。

傍晚时分，夕阳缓缓落入松林，倦鸟归巢，香客们三三两两下了山。暮鼓梵音，被风吹得有些缥缈，似不在凡尘。拾级而上，却有楼阁宛然，粉刷一新的墙壁干净而清幽，门敞开着，米芾是过客，亦是这槛外的归人。

斋舍之外，别置茶寮。早有小僧执了扫帚，里外洒扫洁净，佛门慈悲自有机锋，俗世百千偈，只道一句吃茶去。

茶是僧人们从山上采来的，没有名字，只以粗茶和细茶区分，粗茶沏了自己喝，细茶留作清供，招待往来僧友和茶友。

终日碌碌，为名忙，为物闹，朝市间不得清静，落下了米疯子的名儿，浮生半日闲，他多半是要到这里的。松风竹炉，山中一杯清茶，浇一浇胸中块垒，涤一涤世事浮沉。

茶笼挂在房檐高处，须踩着凳子，踮脚伸手才能够得到，慢慢拆一些出来，谓之"探檐"。

倒不是怕谁偷喝，只是一种储存方式，挂在高处可以通风防潮。蔡襄的《茶录》就有记载，"茶不入焙者宜密封，裹以箬，笼盛之，置高处，不近湿气。"

道林寺始建于六朝。到了唐朝时，声名鼎盛。书法家欧阳询题写了匾额：道林之寺。意思是为道之林也。

如果米芾早生三四百年，大概会跟很多文人相逢，骆宾王，杜甫，宋之问，韩愈，刘长卿，刘禹锡等等，一起探讨一下诗文，去大殿看看那些收藏的笔札，或者与欧阳询切磋一下书法，聊一聊他所评价的笔力险峻。

而当他坐在这里的时候，烟霞山鸟溪花都是寂静的，前不见古人，后不见来者。与他默默相守的，只有这一杯茶。

这一帖介绍说是他的自书诗帖，上面有几方鉴藏印记。

总觉得有些不像。没有八面出锋的气势，也不见风樯阵马，沉着痛快那般迅疾而劲健的风格，淡不可收，融厚有味，有难以捉摸之妙，像是他"米家云山"的山水画法。

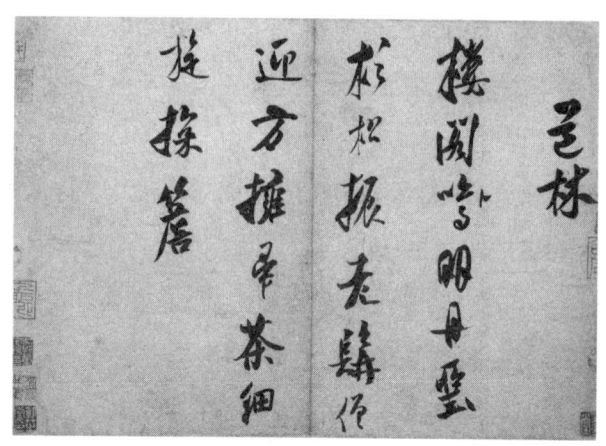

道林

楼阁明丹垩,杉松振老髯,僧迎方拥帚,茶细旋探檐。

这画法是他的独创,被人称为墨戏。

自古书画一家,书法中有画韵也是常有的。但着墨又厚了一些,大小偃仰,似山中担柴的毛头野小子,揣了一团欢喜奔在风里,却到底是负重在身,看起来吃力了些。

既是自书,那就自娱自乐吧。不拘技法,也不循世俗规矩,坐酌泠泠水,看煎瑟瑟尘,天地大美,伴着澄宁之心,可落杯盏,可对苍天。

宋代文人四艺:焚香,挂画,插花,点茶。也称四般雅事。

那真是一个茶香漫溢的朝代,街坊瓦市,茶肆鳞次栉比,面食店多以茶称呼,谓之"分茶店",酒肆也紧跟着悬挂招牌,谓之"分茶酒肆",厨子则谓之"茶饭量酒博士"。至夜半三更还有提瓶卖茶者。

文人们雅集,自然也少不了茶。

杨柳堆烟庭院,群贤毕至。茶席设在宽阔厅堂,青花盏,天目瓯,佐以琴声竹影,桃花三两枝。风和日暖,云淡天蓝,正是喝茶的好时候。

茶忌众,众则喧哗,但宾客往来无白丁,雅燕飞觞,清谈挥麈,矮纸斜行闲作草,七道茶喝下去,亦有两腋清风顿起。

茶是密云双凤,为北苑御制贡茶,茶味甘美,名冠天下。平日里人们仰慕着,难得喝上一回。

好茶须配好水。茶山御史陆羽论水,山水上,江水中,井水下。又有详细注解,瀑涌湍漱勿食,食久令人有颈疾,石池漫流者,新泉涓然,为水之最美。

唐朝诗人张又新嗜茶,尽尝诸水,品其次第,根据优劣排名,扬子江南泠水第一,无锡惠山寺泉水第二,苏州虎丘泉水第三,丹阳观音寺水第四,扬州大明寺水第五,吴淞江水第六,淮水最下为第七。

窗外茗炉烟起,开瓶试水,主人告知,用的是一品香泉。

煮水候汤有讲究,未熟则沫浮,过熟则茶沉,一沸二沸三沸,蟹眼之后,水有微涛时,妙手点茶,不一会儿,便有香生玉乳,雪溅紫瓯圆。

茶香醉人,又有红袖添香。素衣云鬓,一片冰心在玉壶,席间香清幽远,浅酌清斟两相宜。

这一场雅集,米芾用了《满庭芳》的词牌,从始至终记录下来。他所著的《宝晋英光集卷五》写得清楚,绍圣甲戌暮春与周仁熟试赐茶,书此乐章。

如果以画来描摹,最适合的该是宋徽宗的《文会图》。文人雅士围桌而坐,桌案杯盏,煎水点茶,还有杨柳松竹以及青衣短发的小茶童,处处都能对应得上。人间有味是清欢,且饮,且谈,且欣然,一派儒雅悠闲的气象。

《文会图》题文,"儒林华国古今同,吟咏飞毫醒醉中。多士作新知入彀,画图犹喜见文雄。"那是宋徽宗勾勒的理想世界,也是文人们最向往的一种生活方式。

茶里光阴，寸寸如金。只叹良宵苦短，只念浮生为欢，一杯尽了再倒一杯，一盏空了再续一盏，天色昏暗了，点上灯笼烛火继续。提炉相呼，频频回顾，直到月影当轩时分才散。

茶不醉人人自醉。米芾醉中写醉，另外还有一阕词：

> 风炉煮茶。霜刀剖瓜。
> 暗香微透窗纱。是池中藕花。
> 高梳髻鸦。浓妆脸霞。
> 玉尖弹动琵琶。问香醪饮么。

词牌用的是《醉太平》。不知道为谁所创。此外，还有《醉花荫》《醉春风》《醉桃园》《醉扶归》《醉蓬莱》《醉垂鞭》《醉瑶瑟》《醉思仙》《醉公子》，同为一醉，感觉皆不如这个好。

太平二字，有国泰民安、岁月静好作铺垫，本是一团祥和之气。加上一个醉字，就多了些迷离，伏笔了一些可说道的故事。可以是愉悦之醉，也可以是落魄之醉，可以是风雅之醉，也可以是哽咽之醉……

米芾人称米疯子，放浪形骸，惊世骇俗，也保不住一隅太平。罢官，贬谪，一样也躲不过。

世事浮沉，各自辗转天地间，有梦也难寻。难得这一刻太平，可以促席对坐，一壶茶漫说诗书天下，不许朝朝暮暮，只愿时光宽宥，千山万水，故人相逢总有时。

酒醉红尘，颠倒不问出处，而茶一定要遇知己，才可以坦诚欢喜，陶然忘机。

明人许次纾撰写《茶疏》，论述待客之道："宾朋杂沓，止堪交错觥筹；乍会泛交，仅须常品酬酢。惟素心同调，彼此畅适，清言雄辩，脱略形骸，始可呼童篝之火，酌水点汤。"

米芾挑剔，骨子里有洁癖，愚气、酸气、蠢气、呆气、笨气、臭气、朽气一概避而远之，更容不得俗气。

赵三言是赵宋宗室，一支横笛吹起，婉转悠扬，没有一丝尘俗之音。米芾大为欣赏，那一日新得了一些小龙团，恰逢月白风清，便前去登门拜访。烹水煮茶，香气幽微四溢不散。赵三言连声高呼好茶，茶稍凉，又连喝三杯，嘴里还啧啧有声。米芾听着刺耳，站起来拂袖而去，并斥之："俗气！"

读到这一段时，忽然想起《红楼梦》，栊翠庵茶品梅花雪。

妙玉招待众人吃茶，捧了五彩小盖钟，用旧年蠲的雨水给贾母泡了一盏老君眉茶，然后悄悄拉了钗黛二人耳房内吃体己茶，鬼脸青花瓮贮的梅花雪，风炉上扇滚了水泡茶，斟了一杯与黛玉。黛玉不识，以为也是旧年的雨水，妙玉冷笑道："你这么个人，竟是大俗人。"

都是目下无尘的人。不羁世俗礼法，只为求一个素心同调。情之所钟，虽千万人吾往矣，兴之所至，即可竹炉汤沸，寒夜客来茶当酒。

米芾的《苕溪诗帖》，也提到了茶。

苕溪，这名字听起来就美，名字的来历更添了美意，秋时两岸多苕花，其白如雪，故称为苕溪。

彼时他应友人之邀，游历苕溪。友人盛情，每天鱼肉堆案，载酒不辍。而米芾身体不适，懒倾惠泉酒，只点尽壑源茶。

壑源是宋代著名私焙贡茶产区。臻山川灵气所钟，得岩骨花香之胜。东坡推崇备至，曾把壑源新茶赞为仙山灵草，从来佳茗似佳人，说的就是这壑源茶。

岭上草木深。如今的壑源茶，已然消失在漫路风烟。惟有余香袅袅，细细碎碎弥散在光阴里，醉是它，醒也是它。

据说，这是米芾传世墨迹中的经典之作，用澄心堂素笺写成。落款是"襄阳漫仕黻"。

"黻"字是米芾早年落款之用，中年以后改用"芾"字。

芾，是草木茂盛。人在草木中，恰是一个"茶"字。

吴昌硕《石鼓文》：何处觅苍凉

吴昌硕的《石鼓文》，打从临帖开始，就有人说我不适合。盖因石鼓笔法浑穆苍厚，用笔力求稳健，女性纤柔，线条的力度不够，皮毛易得，筋骨难为，徒耗费功夫而已。

友直，友谅，友多闻，是人生幸事。偏私心喜欢，不肯就此收手，抽空便临上一帖，由此引起一番争论。

大致分为两派。一是学院派，学书法不要随便换帖，不要三心二意，要有水滴石穿的精神；一是江湖派，随心随性随意，不求有成，只为喜欢。

有人以美食论，总要挨个吃一遍，才知道哪个好吃，哪个适合自己。

也有人以婚姻论，选帖这一件事，真好比婚姻一样，是件终身大事，选择对方应该自己拿主意。如果把选帖问题去请教别人,就好像旧式婚姻中去请教媒人一样。一个媒人称赞柳小姐有骨子;一个媒人说赵小姐漂亮;一个媒人说颜小姐学问好,出落得一副福相;又有一个媒人说欧阳小姐既端庄又能干。那么糟了,即使媒人说的没有虚夸,你的心不免也要乱起来。

众人各持己见,各路豪杰纷纷登场,不是东风压倒西风,就是西风压倒东风,直到现在也没分出个胜负。

我对书法向来随性,临过曹全碑,临过褚遂良《圣教序》,喜欢簪花小楷,喜欢宋徽宗的瘦金,也喜欢吴昌硕的金石之气……朝秦而暮楚,暮楚而朝秦,落在眼里的喜欢,哪一个都想伸手一试。

吴昌硕却是笃定,弱水三千,只取一瓢饮。三十岁写石鼓,四十岁写石鼓,五十岁写石鼓,六十岁写石鼓,七八十岁,皓首白发,还写石鼓。

精诚所至,金石为开。他一定看过《庄子·渔父》,或者王充的《论衡·感虚篇》,执一念,在斑驳石鼓里兀自坚守了大半生。

他与虚谷、蒲华、任伯年并称为海派四杰。虚谷披缁入山,别号紫阳山民;蒲华擅画竹,自号种竹道人;任伯年喜鹤,斋名倚鹤轩。文人的字号,多与喜好有关。坐不改姓,行可以更名,名以正体,字以表德,见其名,便知其性情和心志。

吴昌硕原名吴俊,寄予长辈愿望,人中俊杰。从临摹石鼓开始,署名仓石、苍石、昌石、石尊者,中年后更字昌硕,"硕"字拆开，是"石"和"页"。石头上的册页，仍和石鼓有关。

石鼓刻凿的具体年代，说法不一，至今没有定论，有说是周宣王时史籀所作，有说是先秦时期遗物，还有一说是南北朝时期。两千年的深厚历史，沉淀下许多不解之谜，有待研究。

石鼓共有十尊，鼓上所刻文字似篆非篆，有甲骨文之古朴，又有篆书之秀雅，金石学家翻阅了书籍档案，也没有找到类似的字体。因为石形如鼓，统称为"石鼓文"，内容是以下几种：

《吾车鼓》记录了秦公打猎的情景；

《汧沔鼓》描写的是汧水的美丽景色；

《田车鼓》记述秦公及随从登原游猎的盛况；

《銮车鼓》记述秦公游猎经虢城，銮车上悬挂彤弓、彤矢，从人齐聚，进献猎物，人群如障，热闹非常；

《酃雨鼓》记述秦公及随从涉汧河时，从低处看到的情景；

《乍原鼓》叙述的是整修道路的事；

《而师鼓》记述秦公的述志诗；

《马荐鼓》记述打猎而归时路遇之情景；

《吾水鼓》叙述的是秦国水清道平的美好河山；

《吴人鼓》写到的是吴人为秦公献祭而奔忙。

岁月沧桑，泥沙侵蚀，风吹雨打日晒野火焚烧，鼓上文字已经残缺不全，借狩猎祭祀等字样，可以笼统拼凑出一个片段。

旗风猎猎的都城外，山川叠秀，河岸水草丰美，那个被称作秦公的人，在大队人马的簇拥下，一骑快马绝尘而出，逐飞禽，觅吾车既工,吾马既同。吾车既好,吾马既阜。君子员猎,员猎员游。麀鹿速速,君子之求。騂騂角弓,弓兹以寺。吾驱其特,其来趩趩,即御即时。

甲子吴月八日,临石鼓字,吴昌硕年八十一

走兽，弯弓搭箭，几乎箭无虚发，引来众人一片叫好。归途中大雨倾盆而至，但不敢有半刻停留，带着打来的猎物，涉水行舟，赶往一场盛大的祭祀。

祭祀是国之大事。钟鼓齐鸣，载歌载舞，五色土铺垫祭坛，带回来的猎物作为供品，祭天地神灵，颂先祖功业美德，隆重其事，庄严具足，祭祀仪式结束后，支锅垒灶，分食野味，畅饮欢歌之余，就想要把这一盛况记录下来，告示后代于万世。

铁容易生锈，青铜要用来铸造兵器，写好了要刻在什么上面，成了难题。最后想到了石头。山上就地取材，三十斤为一钧，四钧为一石，四石为一鼓，合四百八十斤，又命工匠打磨成鼓的形状。在古人看来，鼓具有非凡的神力，鼓之以雷霆，鼓声像雷声一样可以引来雨水，滋润农作物生长。

石鼓文是以诗歌的文学形式写成，十面鼓上各镌刻诗歌一篇，镌刻石鼓的工匠，籍籍无名，也没有留下名字，一个人，两个人，或者一群人，大时代中的小人物，每日对着石头敲击时，一定想不到，自己的一笔一画，在两千年后会成为历史的印记。

石鼓的发现，是在唐朝贞观元年，于陕西凤翔府陈仓境内的陈仓山，故又称陈仓石鼓。

石破天惊，斑驳覆盖的泥土被清除后，显露出的神秘文字，竟然没有一人能识，乡民们焚香跪拜，认为天赐神物。唐肃宗听闻之后，派人将石鼓运下山，与文武百官一起研读。

安史之乱爆发后，石鼓被仓促移至荒野，掩埋起来，杂草丛中长满青苔，战乱平定后找回，专人负责看管，五代十国战乱又起，烽烟战火中，石鼓再度遗失。

它不像金银细软，可以妥帖藏好随身携带，也不像珠宝玉器，可以装匣入箱埋在地下，一只已是沉重，十只更是重达数千斤，运载需要动用车马数匹，太招人注目，哪怕再贵重再舍不得，也只得是此地一为别，挥手自兹去。

中央电视台的文博探索类节目《国家宝藏》，讲述石鼓的前世今生，还原了一个场景。

北宋时期，宋仁宗下旨寻找石鼓。时任凤翔知府的司马池，四处寻访搜求，竭尽全力只找到九面石鼓，另一面遗失的"乍原"石鼓怎么也找不到，就让工匠按照图样仿造，凑足十面之数，被仁宗识破，司马池因欺君获罪。

后来几经辗转周折，乍原石鼓也被找到，十面石鼓再次集齐。只是石鼓上半部分被切去，中间被掏成凹状用来捣米，断裂的部分则被屠夫用来磨刀，鼓身文字磨灭残缺严重。

宋徽宗素有金石之癖，尤其喜欢石鼓，将其迁至汴梁城大殿阁楼，又用黄金填注刻痕，防止人为磨损，减缓风化侵蚀。但是时隔不久，靖康之乱，金人破宋，掠走石鼓，剔去上面的黄金，然后又将其弃置荒野。历史的长河里数度遭受劫难与变迁，见证了人世的沧桑与荒凉，也有温柔相待的珍之重之。

石鼓不是鼓，却铿锵有声，声声久远，分分合合，颠沛流离，漫路风烟中流传下来，如今现藏故宫博物院，为九大镇国之宝之一。

古老的文物，前世今生的故事，诠释的是忠贞守护，也让历史的文脉有迹可循。初心不舍，印信为证，可照破山河万朵，也可护一星微茫，长久不息。这世间，每个人都有自己的守护，大到国家宝藏，小到个人情怀，信念，热爱，都是心底的最珍贵，可许一生不负。

石鼓上的文字，是我国最早的石刻文字，世称"石刻之祖"。

一字一句，皆是庄严深邃。凝重苍劲，与岁月，与山川，与光阴浑然一体，得方圆流峙之形，又不失秦朝那股强悍的霸主气势。

据考证，它是大篆向小篆的过渡文字，为秦始皇书同文奠定了基础，在书法史上具有划时代的意义，被奉为"书法第一则"。历代书家赞誉和临摹者甚多，文学家们亦为之折服，创作了许多石鼓诗歌，形成了历史上石鼓诗的创作高峰。

唐代杰出的文学家韩愈，对石鼓无比推崇，作《石鼓歌》，说石鼓上的字迹像是仙人乘着鸾凤飞翔，笔画像珊瑚碧树枝柯扶疏，笔锋奇劲如金绳铁索一般，字体浑然又像织梭化龙变化莫测，一边写一边叹息，自己才力薄弱，不能像杜甫李白他们那样，有纵横驰骋的诗笔。

吴昌硕临《石鼓》，数十年精力尽瘁于此，被誉为"石鼓篆书第一人"。一日有一日之新，一日有一日之境界，一鼓写破诸艺通，筑起了艺术的高峰，终成一代大师。八十四岁，临去世那年，他总结自己毕生经验，"猎碣文字，用笔宜恣肆而沉穆，宜圆劲而严峻。"

猎碣，即是石鼓文，因其内容记述多为游猎情况，故又称为"猎碣"。

观吴昌硕的石鼓，中年以前，蹈循法度，略有拘谨，中年以后，卸下斧凿，夹杂篆籀之法，笔势遒劲，参差高低，左右芼之，犹如鞭击石鼓，铿锵有声，及至晚年又有变化，落笔交叠顺达，线条沉实厚重，墨天墨地，字字有力鼎千斤的气场。

他生逢乱世，太平天国运动爆发，从此天下无太平。弟妹死于饥馑，他与家人失散，辗转荒山野谷，多年以后才回到家乡。曾做过一个月的县令，也曾投笔从戎，随军北征。

石鼓是命，是知己，是青衫落魄里的一个梦，在孤独疼痛里，撑起精神骨架，生出"化我者生，破我者进，似我者死"的豪壮。

倘若按时间顺序，将他临摹的《石鼓文》放在一起，不难发现，这其实是他人生的一幅拼图。早年削足适履，只求偏安一隅，中年以后放手一搏，兵来将挡，水来土掩，战罢一个回合又一个回合，然后趟出一条血路，与这个世界握手言和，化干戈为玉帛。

他有一枚印章，刻"明月前身"。

出自唐代司空图《二十四诗品》，上一句为：流水今日。

WINTER 冬卷

菩提无尘,清风有渡。万水千山路,越深刻体会,越多懂得。

汪士慎《不知帖》：一目看梅花

黄巢《题菊花》：我花开后百花杀。其实哪里杀得完呢，菊花开过了，还有梅花。

一树花枝独步风尘，偏向冰雪开，俏生生，从枯败和荒寒中旁逸而出，那样的活色生香，落在眼里，真的是惊艳了。

南宋张功甫《梅品》一书中，总结了赏梅二十六宜：淡云，晓日，薄寒，细雨，轻烟，佳月，夕阳，微雪，晚霞，珍禽，孤鹤，清溪，小桥，竹边，松下，明窗，疏篱，苍崖，绿苔，铜瓶，纸帐，林间吹笛，膝下横琴，石枰下棋，扫雪煎茶，美人淡妆。

最让我心仪的是，扫雪煎茶。

一捧清凉的梅花雪，红泥小火炉上化开了，置茶候汤，万籁俱寂中，静听沸水汩汩，茶香从壶中弥漫出来，邀三五知己同饮，围炉闲话，或者盈盈一杯，浅品慢啜，茶香裹着花香与书香，妙不

不知汪色山之涯春風齒齒此香靈苕兩莖細葉
雀舌卷丞焙工夫應不淺宣州諸茶此絕倫芳
馨郇遨龍山春一甌瑟瑟散輕蕊品題誰比玉
川子共向幽窗吸白雲令人六府皆芳芬長空
靄靄西林晚疏雨溼煙客忘返

幼孚齋中誡飲鮮茶
巢林老人慎題

不知泾邑山之涯，
春风茁此香灵芽。
两茎细叶雀舌卷，
蒸焙工夫应不浅。
宣州诸茶此绝伦，
芳馨那逊龙山春。
一瓯瑟瑟散轻蕊，
品题谁比玉川子。
共向幽窗吸白云，
令人六腑皆芬芳。
长空霭霭西林晚，
疏雨湿烟客忘返。

可言。

古人认为，雪凝天地之灵气，其质甘甜清洌，尤宜茶饮，称之为"天泉"。

小时候背唐诗，记得白居易的一首《晚起》：融雪煎香茗，调酥煮乳糜。想着他真是会享受。清晨不用早起，美美地睡个大懒觉，起来后优哉游哉，又是融雪煮茶，又是调酥油煮粥，吃饱喝足了，还要晒一下，"快活亦谁知。"那大概只有他自知了。

辛弃疾金戈铁马，沙场征战之外也有闲情，送君归后，细写茶经煮香雪。陆游心系家国天下，忧国忧民，大雪纷飞时分，携炉取雪，天为幕地作席，煮水煎茶，也可荡尽胸中不平事，诗曰：雪液清甘涨井泉，自携茶灶就烹煎。一毫无复关心事，不枉人间住百年。

煎茶的雪水，古人根据品鉴经验，由高至低分为四等：梅，兰，竹，菊，梅雪最高，为上品之水。

南方多梅。梅园，梅岭，梅坞，十梅庵，揽梅亭，赏梅谷，百梅坡。汪士慎寓居的扬州，还有梅花山，花开时节，漫山遍野都是花，用香雪海形容，也不过分。

每年梅花开的时候，汪士慎都出去赏花。他喜清寂，白天熙攘，人多又热闹，就在夜里趁着月光去。下弦月，浅浅淡淡，斜照枝桠一抹暗香浮动，也是美。

倘若有一场雪，就更美。踏雪寻梅，就像是子猷雪夜访戴，不为风雅，只为心里的那一份亲切。他爱梅，总觉梅花是故人，暮年一目失明，尚留一目看梅花。

汪士慎自称有"茶癖"。喝茶只取三种水，山泉水，花须水，雪水。

扬州自古就是钟灵毓秀之地，产茶历史悠久，蜀冈有茶园，茶叶甘香如蒙顶，宋朝时期被列为贡品，欧阳修任扬州太守时，建"时会堂"作为进贡茶所，又建一座"春贡亭"以记其事。

春风十里扬州路，处处有茶香。清晨吃茶，客来敬茶，立夏吃七家茶，烹新茶馈送邻居，逢年过节走亲访友，要拎上几样茶食，家有喜事，要吃三道茶，就连女子订婚时，也要以茶为聘，称为"茶礼"。

好茶易得，好水难寻。

无锡惠山泉水，被列为天下第二泉，据说，用此水烹制的茶汤，清洌回甘，沁人心脾。唐代宰相李德裕嗜茶，最喜欢此水，常令地方官吏用坛封装泉水，因为路途遥远，又特别修建了递运泉水的驿站，传送惠山泉水至长安，称为"水递"。

自然是耗资巨大，而千里颠簸，泉水是否还鲜活，也不敢保证，《陶庵梦忆》里的闵老子也爱此水，创有独家妙招，取水前先淘井，深夜时分静候着，新泉一到立刻汲上。瓮底放上石子，如果遇到逆风，就停船让泉水静置，待顺风再行船。

茶之一味，因人而异。

唐朝人豪放，葱、姜、盐、枣、橘皮、薄荷，什么都敢往茶里放，浑而烹之，宋朝人雅兴，烧水点茶，花样繁复，乐此不疲，汪士慎删繁就简，清茶一杯，意不在止渴，更不在果腹，赏其色鉴其香，身在红尘，心在山水间……

对他来说，山泉水不用这么周折，扬州大明寺的西园，以"天下第五泉"扬名于世，有天然泉水淙淙，长年不断，虽未冠之第一，但清澈甘洌，亦为水之美也。

花须水也不是难事。太阳出来之前，带着竹筒茶器，在花树下一滴滴地收就行了，偶尔也可以偷个懒，将竹筒挂在花枝上，让露水自然滴落下来，将满时摘下存储。有时候朋友上门来访，也会带一些过来。

花开年年，有节气候着，花信风一吹，一树一树就都开了。有没有雪，则全凭天意成全了。也许一觉醒来，就是白茫茫一片，也许盼着盼着，就盼成了一场空。

苏东坡的《记梦回文二首并序》，就记录了一场空欢喜，十二月十五日，大雪始晴，梦见有人以雪水烹小团茶，还有美人抹挑琴音绕梁，清歌袅袅。端一杯在手，马上就要喝到嘴里了，忽然醒来，原是南柯一梦。

古人把雪归为"天泉"。雪融之水甘甜，清洌，用以煮茶可提香引味，还有清热解毒、舒筋活血等功效。

春泄气为雨，雨凝寒为雪，非寒冬不能得。动辄零下十几度，房檐下的冰凌挂得长长的，像书法中的那一笔悬针竖，还没来得及染上墨色，就冻住了。

即便是下了雪,也不能马上就煮水煎茶,《本草纲目》里就有提醒,雪水煎茶"不可太冷",太冷则有伤中和之气,须备缸瓮收蓄,隔年取用。

这一点,妙玉一定是知道的。栊翠庵茶品梅花雪,是当年她在玄墓蟠香寺住着,收的梅花上的雪,鬼脸青的花瓮一瓮,埋在地下五年,夏天才打开,所以视为珍藏,避开众人,悄悄招呼钗黛二人吃"体己茶"。

茶香里奔波了大半生,汪士慎留下一句喟叹:清爱梅花苦爱茶。

有一回,他犯了茶瘾,想喝雪水煮的茶。不巧,瓮里贮存的雪水喝空了。越喝不到越想喝,得知邻居焦五斗家中收藏有一年前收的蜡雪,他持瓮相求,以一幅《乞水图》相赠,换得小半瓮。

这水来之不易,自然不能潦草煎之。

茶饼置于文火上烤炙,滤去潮气和陈气,冷却后细细碾碎,茶箩筛净粉末,然后煎水,沸如鱼目微有声,为一沸,边缘如涌泉连珠,为二沸,腾波鼓浪,为三沸。煎得过头,水汽全消,火候不及,则茶味不鲜。

"泠泠若空盎,瑟瑟浮香尘。一盏复一盏,飘然轻我身。"这是他品茶时所作,为此金农送他一个雅号,茶仙。

并非富贵闲人,不食人间烟火的仙,生活里更多是清贫。无米下炊的时候,就到郊外去挑荠菜,瓦盂里煨上芋头,和家人一起吃。不以为苦,反而自得其乐,"煨芋抵餐饭,缝衣胜绮罗。"

有时候,他会到街上卖画。画作摊开,不知道怎么招徕,就那么抄着手看来来往往的人,偶尔有人来看,他也不会讨价还价,一幅画卖不了多少钱。幸得友人帮助,以高价卖出一些,解了炊米之忧,还买了一处老房子,取名青杉书屋。

五十四岁那年,他左眼失明,自称"左盲生",仍然出门赏梅,铺案画梅,并自刻一印,尚留一目看梅花。六十七岁那年,他的右眼又盲,自号"心观道人",照旧笔耕不辍。

他所画的梅花清淡秀雅,自有一股疏香之气,正如金农所评,千花万蕊,管领冷香,俨然灞桥风雪中。

说来羞涩,我住的地方只有蜡梅。

名字里有一个梅字,却不是梅,只是花形似梅而已。植物百科上说,两者既不同科也不同属,梅花为蔷薇科樱桃属植物,蜡梅则是蜡梅科植物。清初《花镜》载:"蜡梅俗称腊梅,一名黄梅,一名蜡木,本非梅类,因其与梅同放,其香又近似,色似蜜蜡,且腊月开放,故有其名。"

有人以花期、树冠、叶片、香味来区分,还有人以花色来分,有素心、荤心两种。花瓣、花心、花蕊都为黄色,无杂色相混的叫素心种。花色不纯的为荤心种,又有狗头梅,檀心梅等等。

梅和蜡梅,如果非要分出个伯仲,私心里,我是更喜欢蜡梅的。蜡梅的花期比梅早,农历腊月开放,真的是开在冰雪中。

如今的雪，夹杂着风沙尘霾，扫雪煎茶这一招不能用了，还是老老实实看花吧。

小小的一片，大概十几株，只见人栽不见人管。旁逸斜出任其自然，若不开花，会以为是一蓬寻常灌木。开出的花朵，却是一株比一株美。小小的，嫩黄，干干净净，清逸出尘。

宋代林逋最爱这样的梅。他在杭州孤山，最繁华的西湖边上，结庐而居，房前屋后，遍种梅树。世俗的功名利禄，对他来说全无意义。以梅为妻，以鹤为子，死后葬于孤山。墓葬里，仅一只端砚和一支玉簪。

端砚是他常用之物。那一支玉簪，则伴着他的一阕《长相思》，成了千古的谜。终身只爱草木禽羽的他，果然能写出《长相思》来吗？ 没有答案。他作诗随就随弃，从不留存。倘若不是有心人藏记，这一阕《长相思》，恐怕也不会传世。

一树梅容下世间喜悲情仇，成了一种风骨，一种精神。质本洁来，还洁去，人与梅花一样清。

《山园小梅》中林逋写：疏影横斜水清浅，暗香浮动月黄昏。

他写的是南方的梅花。北方的蜡梅，不是这样，香味很浓，很远就能闻到。

天寒如冰窖，人烟稀少，偌大的园子只寥寥两三人。穿得臃肿，活动起来也笨重，花下流连，落梅如雪乱，拂了一身还满。

抬手拂掉，又觉得可惜。忽然突发奇想，可以用来制香。南朝宋武帝之女寿阳公主，配制的"梅花香"、"雪中春信"、"春消息"，被历代制香家誉为"梅香三绝"。

细查资料才知道，还要加入檀香，沉香，麝香，龙脑香等等，工序烦琐，且每一种都价值不菲。

不如入茶。《山家清供》里就有现成的方子，半开的梅花骨朵，蘸上蜡，放到蜜罐子里。到来年夏天，打开取出几朵，放到茶盏里，用滚水一冲，花骨朵立刻绽开，清透，澄香，是为"汤绽梅"。

寒夜客来茶当酒，竹炉汤沸火初红。寻常一样窗前月，才有梅花便不同。

这是南宋杜耒的一首诗。《梅磵诗话》记载，杜耒向赵师秀讨教作诗，如何才能高雅脱俗。赵师秀人称"鬼才"，说话风趣，"但能饱吃梅花数斗，胸次玲珑，自能作诗。"

一句玩笑话，无心插柳，却是茂长成荫。杜耒的诗流传甚少，唯独这一首《寒夜》，随光阴荏苒，在人们心中温热了多年。

竹炉火红，汤水沸滚，那茶不知是不是汤绽梅，但有雅客来访，总是让人欢喜。

以茶代酒，围炉夜话。俗世之乐，大抵不过如此吧。

黄庭坚《花气薰人帖》：花气薰人欲破禅

午后读书，读到一则逸事。

画家黄胄曾许诺要给黄宗江画驴，却因故耽搁，没有画成。二十年后，两人重逢，黄宗江想起前诺，就向黄胄讨债。黄胄当时手臂受伤，无法动笔，只好打借条一张，欠公驴母驴各一头，母生母，子生子，难以计数。

过了一段时间，黄胄画出两头毛驴，派儿子送给黄宗江，想收回欠条。黄宗江不肯，振振有词，说出一番理由来：

"毛驴已由令郎送到。经验明系两头公驴，不能生育后代。兹取算盘拨算，雌雄二驴，代代相传至今，共一千四百八十六头，明年将计四千九百九十九头，即使扣除此孽畜二头，尚欠驴一千四百八十四头。因差距很大，所以欠单恕不奉还。前途茫茫，仍祈努力，以免法庭相见时拿出笔证也。"

儿子回家复命，黄胄无奈，只得又画了两头驴，再派儿子送去，题曰："母驴图，宗江老兄匹配。"这才了却了一桩画债。

文人们性情相见，花下饮酒，月下赋诗，酒酣耳热兴致冲冲时，我许你一张画，你应我一首诗，是常有的事。睡一觉醒来，那些随口承诺的话，早忘到了九霄云外，或者，有更紧要的事情拖着，一时腾不出手，被许诺的人迟迟等不到，自然要想办法催讨了。

黄庭坚的《花气薰人帖》，就是这样来的。

北宋一代，诗词蔚然成风，上至朝野，下至民间，人人都能拈得几首。黄庭坚以诗闻名，七岁作牧童诗，八岁作诗送人赴举，十八岁考中进士，担任国子监教授，得苏轼赏识，游学于苏轼门下，与张耒、晁补之、秦观合称"苏门四学士"。青出于蓝，开创了江西诗派，并对后世有深远影响。

元祐二年，王诜写了几首诗，想与黄庭坚唱和，找了黄庭坚几次，黄庭坚总是推脱，今天公务繁忙，明天约了老友郊外访寺，王诜聪明，也不说破，只是派人送水仙到他家，每隔上几天就送一次。

说起来，王诜也非寻常人。驸马都尉，能画，能书，能文，家富收藏，又爱交游文人雅士。李公麟曾画过《西园雅集图》，描绘的就是苏轼，苏辙，米芾，黄庭坚等十六人在他府中作客聚会的情景。

水仙是花中四雅之一，置于几案，杂植松竹之下，或古梅奇石间，隔几天浇点水，用不了多久，就会抽芽长出来，绿意清喜，如初春时，破雪草色鲜。因为属于石蒜科，鳞茎如蒜头，花茎如蒜薹，六朝人又称它"雅蒜"。

唐诗和宋词，在中国文学史上旗鼓相当，平分秋色，但若论风雅，唐远远不及宋。

北宋时，官窑有专人烧制水仙盆。疏朗干净的天青色，釉质温润如玉，无任何雕饰，甚至连冰裂纹都不要，干干净净，简洁到了极致，搭配水仙的冰心清质，刚刚好。唐朝的水仙盆，则是金镶玉，再嵌了七色珠宝，拼在一起，都是华丽丽的色彩，富贵得夸张。

见花如见人，天天在眼前开着，相当于时时提醒。

黄庭坚没办法再发懒，但也要为之前的推脱找个合适的借口，沉吟片刻，作诗一首：

花气薰人欲破禅，心情其实过中年。
春来诗思何所似，八节滩头上水船。

人到中年，心境早已平淡如水，没想到竟然还会为花所动。满屋子花的香气袭过来，平日的禅定功夫都要动摇了。春天到了，又有了写诗的念头，可是思路艰涩，像在逆水的滩头行船一样，心有余而力不足，每一步都是艰难啊。

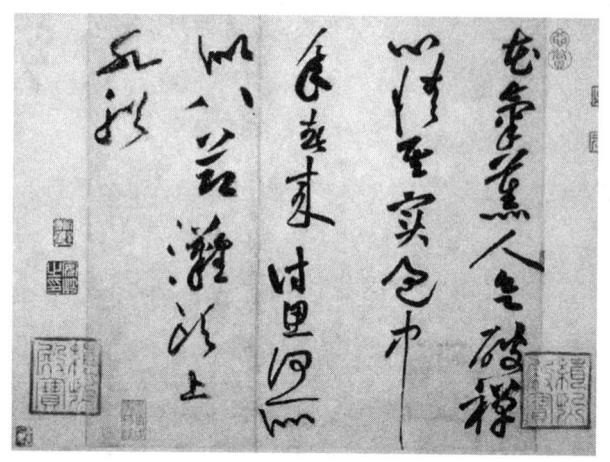

花气薰人欲破禅,心情其实过中年。春来诗思何所似,八节滩头上水船。

黄庭坚《花气薰人帖》:花气薰人欲破禅

诗写了，债还了，皆大欢喜。水仙过了花期，香气也淡下来了，扫去书案上的落花，生活回到日常，各自忙碌去了。

后来，黄庭坚给王巩寄诗，忽然想起这事，觉得好笑又得意，顺手附记一笔，"王晋卿数送诗来索和，老懒不喜作，此曹狡猾，又频送花来促诗，戏答。"

王晋卿，即是王诜，字晋卿。

王巩是黄庭坚的好友，有诗才，书法也很有造诣，为人豪爽耿直。看黄庭坚不择笔墨，遇纸就写，就直言字不够精到。起初黄庭坚不以为然，觉得精到与否，大可不必计较，及至后来修习禅宗妙理，方才领悟，书法中不得笔，就像禅句中没有诗眼。

黄庭坚研习书法较晚，但肯下功夫，得草圣张旭圆劲飞动之意，又得兰亭清静和三味，看他的《花气薰人帖》，肥笔有骨，瘦笔有肉，笔笔似自空中荡漾而来，线条忽左忽右，盘旋回顾，仿佛睹一美人于水之侧，明眸善睐，凌波微步，罗袜生尘，衣袂飘飞。

《花气薰人帖》入过南宋内府，也曾悬挂于读书人家的墙，印刻着世间的爱慕，辗转过上千年的光阴，如今，收藏在台北故宫博物院，肃静生香。

水仙最早被写作水鲜，以其得水而鲜活，后人以"仙"取代。念出来，心里就有了分别，水是无根之物，仙是红尘方外人，云里雾里，不沾尘埃，荷花尚要出淤泥而不染，它连淤泥都不沾，只要一瓢清水，就能开出一室春意盎然。

黄庭坚的诗作中，还有一首关于水仙的，名字是《王充道送水仙花五十枝》：

> 凌波仙子生尘袜，水上轻盈步微月。
> 是谁招此断肠魂，种作寒花寄愁绝。
> 含香体素欲倾城，山矾是弟梅是兄。
> 坐对真成被花恼，出门一笑大江横。

我每年养水仙，每球抽花茎三五枝，一枝上五到七朵小花，多者达十余朵，在福建漳州还买过一种复瓣水仙，一枝花茎上，层层叠叠开到十六朵。

五十枝水仙，开起花来，少说也得有百十来朵。古人以兰花为香祖，封为天下第一香。其实水仙开起来也不含糊，金盏银台，银盏金台，香气袅绕馥郁，一波一波蔓延过来，溢满整个房间，难怪黄庭坚要写"坐对真成被花恼"。

最末一句"出门一笑大江横"，大概是他最得意的一句。艾叶绿寿山印章上，精心篆刻，书画墨迹作品中，时不时盖上一戳子。

诗中的山矾，据说本名郑花，木高数尺，春开小白花，极香，叶可以染黄，黄庭坚因其名太俗，改为山矾，又说山矾是弟，想来香气要略逊一筹。

黄庭坚识香，也善用香，自称有"香癖"。

经由他品鉴的四帖香方，意和香，意可香，深静香，小宗香，有用诗换来的，有好友馈赠的，也有仰慕者特别为他研制的，在当代颇受推崇，因黄庭坚做过太史官，人称"黄太史四香"。

他的《药方帖》，记录的就是一则香方。

婴香，角沉三两末之，丁香四钱末之，龙脑七钱别研，麝香三钱别研，治弓甲香壹钱末之，右都研匀。入牙消半两，再研匀。入炼蜜六两，和匀。荫一月取出，丸作鸡头大。

这香方有什么功效？黄庭坚没说，我也不知道，读这一帖只觉得眼晕，其中的香材大多不认识，逐一去询查资料，实在麻烦，也没必要，且不说手工制香过程繁琐，就是制成了，那香气也不见得就是自己喜欢的。

黄庭坚总结，香有十德，感格鬼神，清净心身，能除污秽，能觉睡眠，静中成友，尘里偷闲，多而不厌，寡而为足，久藏不朽，常用无障。

默坐无他事，静对一炉香。

崇宁三年，年近六旬的黄庭坚被贬谪广西，不允许住在城中。他只好抱着被子，住进城南一处庭院。庭院房舍简陋，窗破瓦残，下雨天漏雨，刮风时透风，又因为临近集市，门外车马嘈杂喧哗，人们不堪其扰。他把房舍取名"喧寂斋"，铺设卧榻，焚香而坐，西邻杀牛屠肉，肉屑渣滓横飞，再大的动静也扰不到他。当真是万虑皆忘了。

我对香知之甚少。家里很少焚香。茶桌书案，随着季节变换，摆些新鲜的花朵瓜果，绕指成香，还有香如故。

农历十二月，《尔雅》里称为"涂月"。

"涂"同"除",鸡毛掸子,角角落落,拂去积尘,擦掉残留的污垢,扔掉没什么用途的旧物,窗明几净,屋里也空了不少。步行去花市,买三两棵水仙,植于盈盈一水间,端放在南窗下。

　　清风过之,其香蔼然,在室满室,在堂满堂。

张旭《肚痛帖》：能饮一杯无

寒冬至，万物藏，栾城煮酒香。

开门七件事，原是八件，南宋吴自牧《梦粱录》记载，人家每日不可缺者，柴米油盐酒酱醋茶。

酒是五谷精华，起初作药用。黄封、绿蚁、白堕、天禄、椒浆、忘忧物、扫愁帚、钓诗钩、般若汤，都是酒的别称。但也有人不胜酒力，三杯两盏下肚，就晚来"疯"急，无故惹起许多事端，后来就减掉了。

酒无辜。一腔烈性，不善八面玲珑，不宜诸子百家，却也不肯违逆初心。琴棋书画诗酒花，天地萧萧，只为知己，醉得既豪气又风雅。

杜甫写《饮中八仙歌》，"八仙"有贺知章、李琎、李适之、崔宗之、苏晋、李白、张旭、焦遂。

盛唐时代，诗酒伴着才华，扶摇直上九万里。可以无丝竹，无佳肴，无曲水流觞，唯独不可以无酒。一人独饮，两人对酌，三五人煮酒论英雄，七八人推杯换盏，就是人生得意须尽欢了。

知章骑马似乘船，眼花落井水底眠。
汝阳三斗始朝天，道逢曲车口流涎，恨不移封向酒泉。
左相日兴费万钱，饮如长鲸吸百川，衔杯乐圣称避贤。
宗之潇洒美少年，举觞白眼望青天，皎如玉树临风前。
苏晋长斋绣佛前，醉中往往爱逃禅。
李白一斗诗百篇，长安市上酒家眠。天子呼来不上船，自称臣是酒中仙。
张旭三杯草圣传，脱帽露顶王公前，挥毫落纸如云烟。
焦遂五斗方卓然，高谈雄辩惊四筵。

这八个人，同在一个时代，又都在长安生活过，性格上多有相似，豪放、旷达，且嗜酒，都是风樯阵马般的人物。遗憾的是，老杜不论酒量，不论才名，只以官禄地位排名，从王公宰相一直说到布衣。有一点俗了。

张旭善草书，人呼"张颠"。

据说，每次草书前，他都要先斟酒狂饮一番，然后头发濡墨，一边呼叫奔走，一边狂书于壁上。这让我想起早年看京剧，一身白衣的小生，单膝跪地，俯头狂甩，发束飞旋，速度极快，力度极强，平生落魄尽悲凉，看得心里起起伏伏，风沙滚滚。

八仙饮酒，焦遂五斗，李琎三斗，李白一斗，张旭只用三杯，一杯生剑气，两杯浪淘沙，三杯即落笔成书，满纸云烟缭绕。

草之本意，不是潦草，亦不是草率，而是指书写速度，彰显的是一个"快"字。送信的人，就等候在门外，十万火急，容不得一笔一画，慢慢去记录和书写，要快一些，再快一些！

无法确定草书始于何时，多数研究者认为，是在隶书基础上演变。一开始为章草，只有草意，还不具草体。后人借此发挥，创立今草，才有了连绵不绝，变化多端，而后一代一代推崇，不断跨越，最终形成了狂草。

清代朱履贞论学书六要，一气质，二天资，三得法，四临摹，五用功，六识鉴。六要具备，方能成家。在我看来，还应该加上一要——破格。

谁说书法一定正身端坐，偏要肆意奔放，放开手脚，写个畅快淋漓。喜怒、窘穷、忧悲、怨恨、思慕、酣醉无聊、不平有动于心，他都要用草书来写，人家厅馆墙壁及屏障，都被他忘机兴发，落笔无数行。

看他的草书，写得真是好，像大江东去，像天女散花，像风吹三千树，缤纷落叶萧萧下。不经意间，就会撞个满怀。乍看惊艳，再看惊心，真的要拍案叫绝了。

只可惜，很多字我都不认识。

那些泛黄的，在跌宕光阴里写就的故事，全部摊开在我面前，无畏我往复拾取，而我，只能怔在那里，像看天书一般，不知所云。

年少时，看金庸武侠小说，《天龙八部》中有珍珑棋局。

棋局绝妙，劫中有劫，既有共活，又有长生，或反扑或收气，花五聚六，复杂无比，是逍遥派掌门人无崖子，用了三年时间研究而成，邀请天下英雄前来挑战，三十多年无一人能破解，最后，被虚竹误打误撞所破。

张旭草书、李白诗歌、裴旻剑舞，被唐玄宗封为"三绝"。

就像这一盘珍珑棋局，摆出来，即是绝妙，空前绝后，绝无仅有。飞流直下三千尺，根本捉摸不清，那一笔是怎么贯穿的，迅而不疾，繁而不乱，变笔势于无形，沉腕力于无形，气象开阔，又跌宕生动。

内行人看门道，笔画结构，切了黄金分割点，拆解字间过渡，绕来绕去，反把自己绕了进去。照葫芦画瓢，这一招放在他这里，根本不管用。旁观者迷，他这个当局者有时候也迷，醒来以后，看到自己的狂草，以为是神来之笔，不敢相信是自己所书。

米芾骂他，俗子变乱古法，惊诸凡夫，但又不得不叹服，张旭书如神虬腾霄，夏云出岫，逸势奇状莫可穷测。

《自言帖》中张旭写，见公主与担夫争道，悟得进退参差；闻鼓吹乐器演奏，悟得起伏婉转；观公孙大娘舞剑器，悟得笔法灵动之神妙。似是给了一个明确交代，细看却是懵懂，有解不开的玄妙。印记款识，颠旭醉书，更是让人辨不清真假，看得糊涂。

颜真卿曾两次辞官，向张旭请教。其时张旭住裴儆家。旁人问笔法，他哈哈一笑，避而不谈。裴儆来问，他也不做解释，狼毫一支，松烟墨一锭，桌案上落笔直书，漫天花雨纷纷于纸上，书绢素屏数本，笔法技巧仍然不说。

颜真卿登门拜师，恳请张旭一定说个明白。张旭愤然而起，拂袖出门。颜真卿也执着，张旭走哪儿便跟到哪儿。至竹林院小堂，清幽无人处，张旭坐下来，说了实话，笔法玄微，不是谁都能传授的，若非高人志士，说了也是不懂。

这一段，颜真卿做了记录，《述张长史笔法十二意》，他和张旭在竹林下，一问一答，往来二十余次，终得书法之妙。

张长史，即是张旭。因官至金吾长史，人称"张长史"。

他这一生，官职不高，也不见有特别政绩载于史册，所幸仕途平稳，没有什么大波动。酒不入愁肠，不必忍把浮名，换了低斟浅唱，更多是书法时的陪伴，每一挥毫，必须酣饮。

酒壮英雄胆，文人书家亦然，身畔总有一壶酒陪伴。雅集，夜宴，曲水流觞，荷塘里，摘了新鲜莲叶，用竹簪刺穿茎柄，莲叶上盛酒三升，屈茎而饮，名曰碧筒杯……

喝酒的花样繁多。鬼饮者，不燃烛火，摸黑而饮；了饮者，每饮一次必挽歌哭泣；囚饮者，围坐一处，仅露头而饮；鳖饮者，以毛席自裹其身，露出头来，饮完又缩回去；鹤饮者，饮一杯后上树，再下树而饮。

喝酒的人也有趣。西汉陈遵，每逢宾客上门，即大摆宴席，紧闭大门，命人把客人的车辖投入井中，客人走不了，只好留下来陪他喝酒。蕲王韩世忠，每次与军官们喝酒，只许用大杯，且不计数，也不备酒菜，兵将忍无可忍，偷着在怀里揣了个萝卜，吃的时候被他发现，怒斥，小子如此口馋！

壶中乾坤大，杯中日月长。我自倾杯，君且随意。点绛唇，浅浅一抿，还是相视一笑，会须直饮三百杯，抑或者，与谁同坐，酒逢知己千杯少，全凭个人意愿。

凡醉也有所宜。古人惯常总结，"醉花"宜白天，熏染其明艳；"醉雪"宜黑夜，明晰其思绪；"醉楼"宜暑天，凭依其清凉；"醉水"宜秋天，浮现其爽朗；"醉得意"宜歌唱，显示其应和；"醉将离"宜击钵，以壮其行色；"醉文人"宜谨慎礼节，害怕其轻侮；"醉俊人"宜增加杯盆等盛具，添加旗帜，以助其威势。

总结这一段的人，是唐朝皇甫松，自号檀栾子，也是个爱酒的人，著《醉乡日月》三卷，录当时饮酒者之格及酒令、酒事风俗等，深得醉中之味，尤其"醉文人"一条，颇为有趣，大概是领教过醉文人的厉害。

一壶酒，拈光阴作墨，化清风为笺，落笔不问归处，亦能醉了半壁江山。

东坡题跋，醉后辄草书十数行，酒气拂拂从十指间出；赵孟頫戏书，湖州观堂与受益外郎饮酒一杯，便觉醉意横生，作《太湖石赞》，为他日一笑之资；吴道子秉烛醉画，墨染丹青，笔走龙蛇，嘉陵江三百里山水风景，一日而就。

明代书画家陈继儒，不善饮酒，却颇谙酒中风味，醉得过分则昏头昏脑，太清醒则没有醺的感觉，只有半醉半醒，像一个天真、憨态的婴儿方才合适。此时心中无限宽阔，如没有一丝云彩的太空，又如不长寸草的万里晴川，可以包容一切，"梦觉半颠，不颠亦半，此真酒徒也。"

昏沉午后，读至这一篇《酒颠小序》，宛见山青水白。

张旭的颠即是如此，酒饮半酣，将醉未醉，心思绾了笔墨，弯来绕去避实就虚，珠玑暗藏，是无心恰恰用，用心恰恰无。

他居江南吴县，当地人称他"太湖精"。大凡说"精"，即是达到了极致。修千年道行，精灵而不古怪，具有异乎寻常的能力。

《肚痛帖》是他的代表作。也有说，是宋僧彦修书。查无实证。

肚痛难忍，不知是受凉，还是湿热引起。他给自己开了药方，大黄汤。同时也有几分顾虑，毕竟非专业临床，身边也没个人可商议，无以为计。他要找个懂医术的人，问个清楚。

刚开始，应该还不太痛，落笔镇定，饱蘸浓墨，一笔一次写数字，墨竭为止，再蘸一笔，粗细轻重匀实，越往后越潦草，夸张到变了形,大概是痛不可堪,乱了心神。最后三个字,是"非临床",是"非冷哉",还是"非於术",后人猜了又猜,给出若干种解释,至今没有一个确切的定论。

这一帖,后世评价甚高。"出鬼入神,倘恍不可测。"怎么可能测呢? 人有三急。如厕是第一急,急不可耐。肚内翻江倒海,一阵疼过一阵,几近崩盘之势,哪还顾得上谋篇布局,细细斟酌,赶紧写毕撂笔,夺门方便去了。

看人临《肚痛帖》,邯郸学步,亦步亦趋,依着字体的方向和长度,横上一横,竖上一竖,再抖上一抖。张旭如果看到,一定当场笑倒! 再斥上一句,孺子不可教也!

冷热常有,肚痛常有,能惊动世人流传千年的,前无古人,后无来者,唯张旭一人。没有白白痛这一回。

忽肚痛不可堪,不知是冷热所致,欲服大黄汤,冷热俱有益,如何为计,非临床。

褚遂良《枯树赋》：西风独自凉

大风吹，城外月如霜，不知不觉中，季节就到了深冬。

路旁的树掉光了叶子，分不清桃还是李，枝枝丫丫伸展开来，就像是褚遂良的《枯树赋》，线条疏朗简洁，清远萧散，橘红色的落日，则是一枚压角的印章，沉沉稳稳地落在旁边。

他的书法作品中，我读得最多的是这一个。

读书百遍，其义自见，书法也是这样，读一遍有一遍的感悟，读的多了，墨迹里的故事丝丝缕缕牵扯出来，一不留神就会被打动，有泪盈眶了。

评价褚遂良，唐太宗用了四个字，飞鸟依人。

《旧唐书》里有记载，太宗与公孙无忌谈论当朝人物，说到褚遂良时，有这样一段话，"学问稍长，性亦坚正，每写忠诚，亲附于朕,譬如飞鸟依人,人自怜之。"

太宗李世民少年从军,戎马倥偬,所见多是刚猛威武,身材魁梧的武将,朝堂上看文臣,难免觉得娇弱了一些,人说魏征举动疏慢,而他只觉得妩媚。

褚遂良以书法见长,是初唐四大书法家之一。

家学渊源,太宗在做秦王时建文学馆,褚遂良的父亲褚亮是文学馆十八学士之一,善诗文,博览图史,自小耳濡目染,广泛涉略文学和历史,又得虞世南指导,持素笔,修翰墨,打下了深厚的基础。虞世南死后,太宗叹息,再无人谈论书法,魏征就把他推荐给了太宗。

他做过侍书,也做过起居郎,跟随太宗左右,记录太宗日常行动与国家大事,每季度末,整理誊清成卷,送交文史馆,作为史料留存。

他下笔沉着飞动,承继晋人风度,笔致圆融冲和而有遒丽之气,深得太宗赏识。太宗偏爱王羲之书法,曾不遗余力地广泛收集,内务府所藏王羲之墨迹拿出来,让他鉴别真伪,他无一误断。

和魏征一样,褚遂良也是刚正不阿,直言敢谏的人。

劝谏太宗暂停封禅,反对太宗亲自征讨辽东高句丽,按照规矩,起居郎记录的材料,作为当事人的皇帝是不能看的,但太宗担心有不良言行被记录下来,就提出想看一看,被他拒绝,"臣职载笔,君举必书。"

褚遂良《枯树赋》：西风独自凉

殷仲文风流儒雅,海内知名;世异时移,出为东阳太守;常忽忽不乐,顾庭槐而叹曰:此树婆娑,生意尽矣。

至如白鹿贞松,青牛文梓;根抵盘魄,山崖表里。桂何事而销亡,桐何为而半死?昔之三河徙植,九畹移根;开花建始之殿,落实睢阳之园。声含嶰谷,曲抱《云门》;将雏集凤,比翼巢鸳。临风亭而唳鹤,对月峡而吟猿。

乃有拳曲拥肿,盘坳反覆;熊彪顾盼,鱼龙起伏;节竖山连,文横水蹙。匠石惊视,公输眩目。雕镌始就,剞劂仍加;平鳞铲甲,落角摧牙;重重碎锦,片片真花;纷披草树,散乱烟霞。

若夫松子、古度、平仲、君迁,森梢百顷,槎枿千年。秦则大夫受职,汉则将军坐焉。莫不苔埋菌压,鸟剥虫穿;或低垂于霜露,或撼顿于风烟。东海有白木之庙,西河有枯桑之社,北陆以杨叶为关,南陵以梅根作冶。小山则丛桂留人,扶风则长松系马。岂独城临细柳之上,塞落桃林之下。

若乃山河阻绝,飘零离别;拔本垂泪,伤根沥血。火入空心,膏流断节。横洞口而敧卧,顿山腰而半折,文斜者百围冰碎,理正者千寻瓦裂。载瘿衔瘤,藏穿抱穴,木魅睒睗,山精妖孽。况复风云不感,羁旅无归;未能采葛,还成食薇;沉沦穷巷,芜没荆扉,既伤摇落,弥嗟变衰。

《淮南子》云"木叶落,长年悲",斯之谓矣。乃为歌曰:建章三月火,黄河万里槎;若非金谷满园树,即是河阳一县花。桓大司马闻而叹曰:昔年种柳,依依汉南;今看摇落,凄怆江潭;树犹如此,人何以堪!

《枯树赋》很长，说的是树，比喻的是人。作者是南北朝文学家庾信，因奉命出使西魏，被羁留北方，不准归还故国。昔日曲抱云门，如今鸟剥虫穿，低垂于霜露，撼顿于风烟。树犹如此，人何以堪。由此引出一段悲切之情。

褚遂良落笔成书，款识是贞观四年。

彼时天下安定，没有动荡之虞，亦无身世飘零羁旅之苦。随侍太宗左右，御殿则侍立，行动则相从，仕途通达，职位不断升迁，参预朝政，巡察四方，甚至可以直接黜陟官吏，人生显赫，如日中天。

良禽择木而栖。

凤凰栖梧桐，戴胜降于桑，鹪鹩巢于深林，不过一枝。

对褚遂良来说，太宗就是一棵大树，巍巍然，堂高数仞，枝繁叶茂，泽被天下苍生。文武百官各占一枝，铿锵或婉转的声调，相映着宫商角徵羽，万户捣衣声，缔造了河清海晏的大唐盛世。

树有荣枯，而人生有涯。

贞观二十三年，唐太宗驾崩于翠微宫含风殿。

褚遂良为之起草《哀册文》。按大唐礼制，帝王灵柩往陵墓引发之际，要在太极宫承天门外举行祭奠之礼，由中书令宣读哀册，然后再把哀册埋入陵墓中。

哀册，亦作哀策，是文体的一种，记述帝王一生功绩。隋代以前多用竹册，唐代改用玉册。今年初夏的时候，我去陕西三原县，城隍庙内有唐代出土文物展，其中有玉质的哀册残片，刻字填金,是被盗后残存散落的。

呜呼哀哉,呜呼哀哉,是哀册中常见的文辞,褚遂良写得简约精练,开合有致,而其实心恸滔滔,痛皇情其如失,伤鼎湖之不归,万千感慨,万千唏嘘,以至于下得朝来,马误入人家而浑然不觉。

太宗当年还是秦王时,他便入府作了铠曹参军,此后一直追随,如影随形,不离不弃。飞鸟依人,太宗形容的是可亲可爱,是他立身处世的姿态。

《说文解字》:"雀,依人小鸟也。"

大唐盛世,十里楼台倚翠微,处处可见鸟雀。唐皇城的正南门,名为朱雀门,门下城市中央的大街,就叫朱雀大街。皇帝常在这里举行庆典活动。贺登科,曰荣膺鹗荐;太宗的儿子李泰,小名青雀,也是一只鸟。

唐代皇帝对鸟类多有偏爱,宫中设置的五坊中,鸟类就占了四坊,雕坊、鹘坊、鹞坊、鹰坊,另一坊为狗坊。

太宗认为:"大丈夫在世,乐事有三:天下太平,家给人足,一乐也;草浅兽肥,以礼畋狩,弓不虚发,箭不妄中,二乐也;六合大同,万方咸庆,张乐高宴,上下欢洽,三乐也。"

政务之余,出门打个猎,不捕幼兽,又不祸害百姓庄田,似乎也无可厚非,但大臣们只怕皇帝玩物丧志,总是坚决反对。有一次,太宗得了一只鸟,爱不释手,正在把玩,魏征有事来奏,太宗忙把鸟藏入怀中,魏征装作不知,故意絮絮叨叨长篇大论,等到魏征走了,那只鸟早已闷死了。

褚遂良飞鸟依人,不是孔雀,山雀,不是黄雀,梅花雀,也不是体型敦实的铜嘴雀,就像是我们常见的麻雀。

有人居住的地方,就有麻雀,往来于庭院前后,状若宾客。所以麻雀有一个雅称,叫作"嘉宾"。

麻雀不是候鸟。不像鸿雁,天一凉就南飞。草木凋零,兽藏虫伏的时候,还能看到它们灰蓬蓬的身影,树上嬉戏,墙沿追逐,捡草籽,捉虫子,梳理羽毛,叽叽喳喳地欢叫,活得简单又务实。

小时候罩麻雀,一只筐子反扣在地上,找一枝短木棒系上长绳,支起筐子,下面撒一些小米,人躲在大树后面,牵着绳子的另一头,等麻雀蹦跳到筐子下面吃米的时候,绳子一拉,麻雀就被罩在筐里了。

麻雀气性大,养不活,罩住了放到笼子里,它会不吃不喝,宁愿饿死。也有说是因为惊吓过度而死。我养过一只,食碗放了小米和水,它看也不看,只是扑棱棱乱撞,养了两天就放了。

太宗临死时,效仿刘备托诸葛、汉武帝寄霍光,授予褚遂良托孤重任,辅佐高宗李治。因为反对李治册立武则天为皇后,褚遂良被贬出长安。

月明星稀,乌雀南飞。绕树三匝,无枝可依。

从潭州,贬到桂州,不久又贬到爱州,漂泊无助中,他给高宗写过一封书信,言辞恳切,希望高宗顾念旧情,准他重返长安,但未得到回复,孤独绝望中死去。他死后,他的子孙也全部被流放。

在西安，执意多住了一天，只为看大雁塔。

大雁塔是玄奘为藏经而修建，又名慈恩寺。在唐代，新科进士及第，要曲江宴饮，杏园游宴，还要登临大雁塔题名，书写自己的姓名、籍贯，并推举其中书法出众者，作文一篇以记此盛事，刻在大雁塔石壁上。

塔底南门两侧碑龛内，嵌石碑两块，均为褚遂良书写，一碑为序，全称《大唐三藏圣教序》，太宗李世民撰文，一碑为记，全称《大唐皇帝述三藏圣教记》，高宗李治撰文。

《雁塔圣教序》，亦称《慈恩寺圣教序》。是书法史上著名的碑刻作品。我最早知道褚遂良，便是由此开始。

历代书家对他多有赞誉，说他引领大唐楷书新格，真正地开启唐代楷书门户者，非他莫属，甚至把他称为"唐之广大教化主"。

凌烟阁二十四功臣中，原本没有褚遂良的画像，只有他的题字。武则天虽憎恨他劝阻高宗册立她为皇后，将他一贬再贬，但也敬他正直忠诚，留下遗诏，子孙亲属当时缘累者，咸令复业。唐贞元五年，德宗下诏，将他画像于凌烟阁之上，与唐初的开国功臣们享受同样的荣耀。

评其书法，我最喜欢的有两则，其一出自唐代张怀瓘，若瑶台青琐，窅映春林，美人婵娟，似不任乎罗绮，铅华绰约，欧虞谢之。其二为宋代米芾所说，翩翩自得，如飞举之仙：爽爽孤骞，类逸群之鹤；九奏万舞，鹓鹭充庭，锵玉鸣珰，窈窕合度。

褚遂良《论书》，用笔当如锥画沙，如印印泥。

有人思其所以久不悟,后因阅江岛平沙细地,忽然心有所动,取一截树枝书之,险劲明丽,天然媚好,终于明朗。

　　我始终愚钝,大雁塔下左看右看,不得其境,忽然想起大慧宗杲禅师说:"上士闻道,如印印空;中士闻道,如印印水;下士闻道,如印印泥。此印与空、水、泥无差别,因上中下之士,故有差别耳。如今欲径入此道,和印子击碎,然后来与妙喜相见。"

　　妙喜相见。美极了。

　　恰好我来,恰好你在。嗯,就是这样了。

史浩《霜天帖》：霜满天

昨夜的霜，落得厚重。

推开门白茫茫一片，疑是雪满前村，细看，却是人迹板桥霜。

霜为露所凝。土气津液从地而生，薄以寒气则结为霜。道路两旁的杂树灌木，白霜纷披，枝枝杈杈都是毛茸茸的白，忍不住要念上一句，蒹葭苍苍，白露为霜。

文人作画，画山石，画鸟兽，画梅竹，没见过画霜。大约是不好画，薄了不明显，厚了皑皑一层，就成了雪。

看过一幅《秋圃新霜》。立轴，设色绢本，右上角题识：闲坐时果登盘对景写此，亦古人写生意也。泛黄的画面上，石榴荸荠萝卜一盘，花卉植物一丛，可谓江南秋圃之景，而新霜两字，看来看去，终是没有着落之处。

秋天的第一场霜，叫做新霜，也可以叫做早霜，或者初霜。下霜的早晨,古人称之为霜旦,霜降杀百草,草木摇落,虫兽蛰藏,天地间一片萧瑟枯败,只有菊花绕篱,所以这时节的霜,还有一个诗意的命名:菊花霜。

元朝萨都剌写诗:"只恐淮南霜信早,绛纱笼烛夜深看。"是从苏轼的海棠诗句中化来,但多了一份清洌之气,感觉更胜一筹。

古人以物候为信,寒露第一候,鸿雁来宾。白雁至则霜降,谓之"霜信"。

白雁的样子像雁,但形体比雁小,羽毛白色,白雁一过,很快就会有霜降,因此还流传了一句俗语,八月雁门开,雁儿脚下带霜来。

雁有信,南来北往,岁岁不误。若有一雁遇难,另一方必舍命守护。季节转换中,这一份不离不弃,在古人看来,是忠贞不渝的象征。纳采、问名、纳吉、请期、亲迎,都要贽白雁为礼,是古代婚礼中必不可缺少的重要部分,如果一时找不到,也要用木刻之雁代替。

汉代苏武奉命出使匈奴,被扣押流放十九年。汉昭帝派使者说,汉天子射上林中,得雁,足有系帛书,知苏武在此。单于大惊,只好放他归汉。这故事虽是虚构,但苏武持节牧羊,艰难备尝,其气节令人钦佩。人们宁愿信以为真,视鸿雁为信使。

雁字回时,月满西楼,一夜新霜著瓦轻。

史浩的《霜天帖》，没有江枫渔火，也没有月落乌啼，一字一句念下来，原是写给宋孝宗的札子。

浩衰老，请挂冠，已荷圣恩垂允，而叨冒过分，实不遑宁……

历史上，他的身份是南宋政治家，担任过孝宗的老师，官至丞相，位高权重，亦知人善任，荐举朱熹、陆游等人入朝为官，施展才学，骨子里也有正气，曾力排众议，为岳飞平反昭雪。

而在宁波民间，他是以孝道闻名。

据记载，父亲早年去世，史浩一直陪伴在祖父身边。金人攻陷明州，史浩扶着祖父逃难，因经受不起战火的惊吓和奔波的劳累，祖父回到家不久就去世了，史浩为之守孝三年。

母亲六十岁大寿，亲朋好友都携礼来拜贺，因为财物尽为金人所掠，家境日处贫困，史浩就到坊钱借钱，招待亲朋，为母亲置办寿宴，因此欠下了一笔数目不少的债。秋天的时候，因为还不了坊钱的本金利息，不得不暂避绍兴，住在一个卖饼婆婆的家里。

一年一度乡试到来，史浩因不能回家，郁郁怅惘。得知原因后，好心的婆婆将家里积攒的钱全部借给他，还去债务，报名参加了乡试，金榜题名，从此走上仕途。

宁波的中秋节，是农历八月十六，这个独特的民间习俗，相传是源于史浩的孝心。史浩虽然身居要位，但每年都要回宁波陪母亲过中秋节。有一年因故在路上耽搁，迟回家一天，农历八月十六是母亲生日，于是商量着就将中秋节放在这一天过了。乡民们敬重他为官清正，从此相沿成俗，流传下来。

他这一生，经历徽、钦、高、孝、光五朝，国家内忧外患，正值多事之秋，个人命运被政治风云挟裹着，也有多次沉浮和波折。秦桧曾想笼络他，许以高官厚禄，他拒绝同流合污，被诬为反逆一党，屡遭陷害，贬谪长达十四年之久。

因为要辞官，所以首先要说明理由。皇帝圣明，恩泽浩荡，而自己年老体衰，心有余力不足，始终觉得做得不够好，辜负了圣主隆恩，惶然不安，愧疚万分，希望皇帝能准许他辞官。

措辞委婉，中规中矩，不足为奇，但因为用毛笔细细写来，便有了几分看头。

书法里我偏爱行书，感觉更洒脱一点。起笔收笔，颇有一泻千里之势，却又不恣意放纵。关键之处总能力挽狂澜，一笔带过，云淡风轻。疾与迟、动与静，疏可走马，密不透风，方寸之间自有一份天地。

史浩不是书法家，我也不愿从笔墨章法看他的帖。一是不懂；二是觉得好的书法，一定是不拘泥的。刻意承继前人，会落入窠臼，如戴着镣铐跳舞，饶有盈盈腰肢，也飘逸不起来。

札子作为一种书信形式，流行于南宋。讲究礼尊，亦有格式，上提行多，留白多，乍看上去，疏疏密密，长长短短，谨工怡然，颇多宁静气氛与文人气息。

他的《霜天帖》，大致相当于现代的辞职信。盛情谢罢，挂冠散缨，像极了武侠小说中的武林高手，声名显赫，如日中天之时，忽然宣布金盆洗手，退隐江湖。

富贵是危机。

这是辛弃疾的句子。他打算辞官，儿子极力反对，说家中田地房产还未购置齐全，他作词《最高楼》数落儿子，"富贵"是好要的吗？爬得高，跌得重，危险得很呐！

辛弃疾和史浩，都仕官南宋朝廷，不知道他们的人生有没有交集。

功名富贵里，摸爬滚打一番，人情世故，两个人都看得透彻分明，功名利禄，不过如秋草瓦上霜，"一旦钟鸣漏尽，徒兴大耋之嗟，追悔亦将无及。"

他曾隐居山中读书，自号"真隐"，与僧人道士多有来往，坐道参禅，看沙鸥惊飞，点破遥山一抹青，薄霜侵榻时，也暗自萌生归隐之心，而疏树梢头残星破晓时，国家社稷之念，又重新被唤醒，于是一次次应皇命被征诏，无奈又一次次被贬谪。

岁月侄偬，人也一天天老了，晨起揽镜，已是秋鬓点新霜。秋鬓本白，遇秋霜而愈白。

他的《霜天帖》，名字有霜意，字里行间也有霜气，细细密密覆了一层。打开来看，只觉得簌簌凉意从眼底一直沁到心里。

事了拂衣去，深藏功与名。这话，李白说说而已，王维也做不

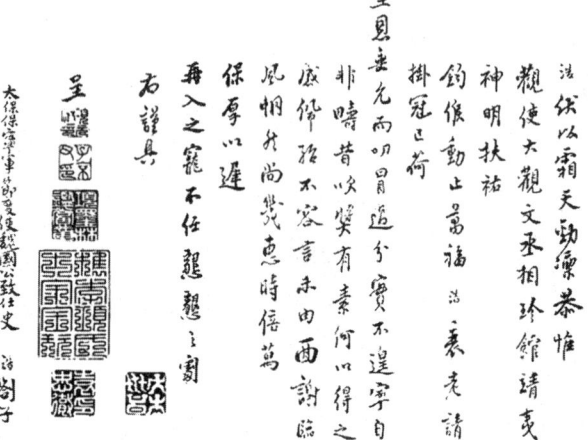

浩伏以霜天劲凛恭惟:

观使大观文丞相珍馆靖夷,神明扶祐。钧候。动止万福,浩衰老,请挂冠。已荷圣恩垂允,而叨冒过分,实不遑宁。自非畴昔,忺奖有素,何以得之。感佩殆不容言。未由面谢,临风惘然。尚几惠时倍万保厚以迟再入之。宠不任懇懇之剧。右谨具呈。

到，半仕半隐，一脚红尘，一脚世外，鱼和熊掌都要兼得，画地为牢，终是自己囚禁了自己。

宁波西南有月湖，清幽天然。他垒石为山引泉为池，建了家园，取名"真隐馆"。

读书，喝茶，对弈，赛龙舟，与民同乐，闲来几句渔樵话，困了一枕葫芦架，又创建了月湖诗社，与文人雅士吟诗作对，诗词相酬，影响了当地一大批文学爱好者。

远山苍苍，菜园有霜。

霜打的青菜，愈发碧绿。白菜经了霜，名字也清雅起来，叫做霜菘。房檐下晒一些，菜窖搁一些，酸菜缸腌一些，就可安然过冬了。树上的柿子留着先不摘，等霜打透了，自然的熟与甜更加美味。经了霜的老丝瓜也有用处，切碎上锅蒸，加白糖一汤匙，取其汁，趁热慢慢咽下，可以治慢性咽喉炎。

霜降一过，就是冬天了。屋里生起火炉，去年窖的木樨酿，可以拿出来喝了。冬夜漫漫，三杯两盏微醺，窗外有几枝白梅开了，香气噗嗒一声掉进夜色里，想象一下也是美。可他说了，不许凡人得至。

这一次，他是心甘情愿，真的隐了。真得让人喜欢。

史浩去世那一年，八十九岁，被追封会稽郡王，宋宁宗时赐谥"文惠"。嘉定十四年，又追封越王，改谥"忠定"，配享孝宗庙庭，为昭勋阁二十四功臣之一。

翻看他留下的作品，除了词赋，多是歌舞曲。《采莲舞》《柘枝舞》《渔父舞》等等，鲜见书法传世。他的《霜天帖》，能在历代碑帖中，占得一席之地，我总觉得，意义在书法之外。

王羲之《快雪时晴帖》：快雪时晴

这一场雪，来得实在是晚。

节气过了冬至、小雪，又过了大雪、小寒，直到大寒第六天，才在日暮时分，细细碎碎落了下来。

往年盼雪，心心念念，等一场雪来。打雪仗，堆雪人，拢雪煮茶，踏雪寻梅。今年却是怕雪。因为路会滑，天会冷，风雪夜归人更多辛苦。窗外暮色渐沉，雪染白了屋顶。灯下枯坐，若要临帖习字，只挑王羲之的《快雪时晴帖》。

羲之顿首。快雪时晴，佳想安善。未果为结，力不次。羲之顿首。山阴张侯。

看落款便知，这是王羲之给山阴张侯的书帖。

译成现代文，该是这样：刚才下了一场雪，现在天又转晴了，你那里一切都好吧！上次说的事情没有结果，心情有些郁结。

力不次。我的理解是，体力，或者精力不济。

后来又看到另一种解释，力，指送信人。按古代旅行，走到某处停下来，称为"次"，不次，是不能停留，需要赶快回去。合起来就是，你家送信的人说不能在我这里多停留，要赶快回去，那我就先写这些吧。

帖子很短，总共才二十八个字，看起来很简单，读起来也不难，想要读懂读透彻，却是没那么容易。书信两方心照不宣，有些事不足为外人道，便惜墨如金，点到为止。当局者清，旁观者却是迷，剪不断，理还乱，真的是如坠五里雾中了。

力不具，力不一一，不得力，力数字，扶力遣书，悢力不具，这些字句，穿插在王羲之的书帖中，刚开始不太在意，后来越读越觉得难过，仿佛看到他气息奄奄，佝偻着身子，勉强写几个字，搁笔歇一会儿，再接着写一行，硬撑着把信送出的样子。

他的身体状况确实不好。书帖中读到的多是疾病与疼痛。

《脚痛帖》：仆脚中不堪，沉阴重疼不可言，不知何以治之。

《官奴帖》：昨来忽发痼，至今转笃。又苦头痛，头痛以溃。

《极寒帖》：不善得眠。吾昨暮大吐，小啖物便尔。

《淳化阁帖》：吾胛痛剧，灸不得力，至患之，不得书，自力数字。

《上虞帖》：吾夜来腹痛，不堪见卿，甚恨！

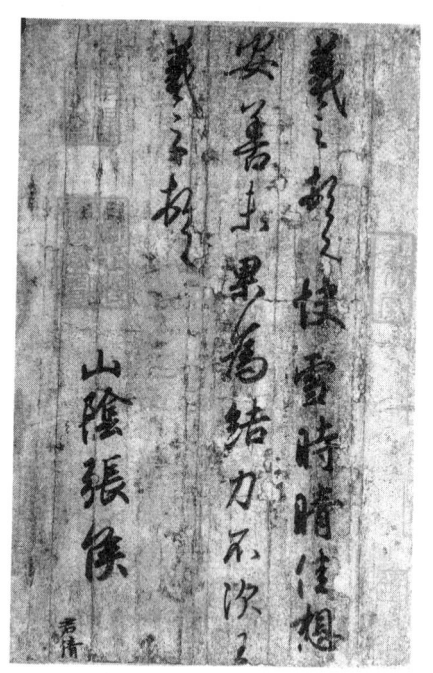

羲之顿首。快雪时晴，佳想安善。未果为结，力不次。羲之顿首。山阴张侯。

《迟汝帖》：吾夜中便如动劳，合体无处不疼痛。

《昨还帖》：昨还，殊顿。胸中淡闷，干呕转剧，食不强，疾言难下治，乃甚忧之。

《杂帖》：吾涉冬节，便觉风动。日日增甚。沉滞进退，体气肌肉便大损。

人生在世，生老病死。生死衰老，都是生命之必然，只有病，是不可期的意外。病来如山倒，病去如抽丝，那种透彻骨髓的痛，还有看不到尽头的折磨，有时会让人心生绝望。

世间那么多的疾病，都不同程度地折磨过他。胃病，腰痛，牙痛，耳鸣，失眠，咳嗽，瘤肿，风湿病……到晚年时，他的身体已经格外糟糕，吃不下饭，干呕，浮肿，肚子痛，疾病接连日至。

他到山中找过药草，也在自己的园子里种过草药，魏晋时期，士大夫流行服用五石散，他也不例外，书帖中常有这样的词句："吾服食久，尤为劣劣。""散系转久，此亦难以求泰。""吾故苦心痛，不得食，经日甚为虚顿。""早来服散后，强自起行，故更觉顿乏。"……

我查了一下资料，五石散又称寒食散，主要成分是石钟乳、紫石英、白石英、石硫黄、赤石脂，可根据不同需要进行增减，并配以辅药。据说是汉代张仲景发明的，给伤寒病人吃，药效发作后身体燥热，以燥驱寒。但也有毒副作用，产生一种迷惑人心的短期效应，相当于一种慢性中毒，疯癫发狂的极多，致死者也不在少数。

史书记载，嵇康服五石散后，热得穿不住衣服，脱光了在家里裸奔。有朋友来看他，大惊失色，他则说，天为衣地为裳，你怎么跑到我的衣服里面来了？

魏晋时代，人们普遍认为五石散是灵丹妙药，服食后神明开朗，长期服食可以百病不侵，延年益寿。因此服食五石散成为一种风尚。王羲之与道士共修服食，不远千里采集药石，却是饮鸩止渴，身体越来越差，病情一天天加重。

痛，是他书帖里重复用得最多的字。

身体之痛，发肤之痛，离散之痛，乱世之痛，痛到潸然泪下，痛到痛不欲生，却也只能长袖掩面叹一句，奈何，奈何。

他出生在西晋末年，原籍琅琊临沂。彼时晋室衰微，永嘉之乱，八王之乱，外战加上内争，天下处于一片混乱的状态，战火连绵，民无宁日，纷纷从北方向南逃难，王羲之父亲王旷审时度势，带领全家衣冠南渡，迁家至江南。

天下动荡，连先祖的坟墓也不能幸免，被人刨挖和破坏。听闻消息，王羲之哀号伤心至极，痛彻心肝，虽然托人修复，但不能回家凭吊先人，未能尽子孙之孝，内心也是深深自责和悲痛，面对一笺白麻纸，他泣不成声，悲不成言。《丧乱帖》上，留下泪迹斑斑。

总有意想不到的哀祸频有发生，姨母去世，他哀痛摧剥，情不自胜，写下《姨母帖》；兄灵柩垂至，永惟崩慕，他痛贯心扉，手足无措，写下《灵柩帖》；孙女玉润生病，他焚香祈祷，写《首过书》,又写下《官奴帖》关心问候,玉润还是离开了人世。

离开的,永远离开了,在世的也轻易见不到。

他想念弟弟。得知弟弟来江南,就写《想弟帖》,约弟弟见上一面。怕弟弟不来,他又添上一句,如果错过这个机会,以后恐怕就很难见面了。这话说起来也不是虚张,他与兄嫂一家,隔了十八年才得一聚。

他也想念女儿。书帖给女儿婆家,希望女儿的婆家允许她回娘家来住一段时间,并恳求对方经常让女儿回娘家,说自己度日如年,翘首以盼与女儿见面的那天。

堂哥来看望他,在他家住了十几天,他洒扫款待,准备好吃的酒菜,一起吃饭,一起喝酒,一起坐在灯下拉家常,说说旧事,聊聊故人,那段日子他过得忙碌又舒心。堂哥走后,他给友人写信,喟然感叹,一朝分别,不知道哪一天才能再见。

虽远,仍想以为慰,过嘱,卿佳否?

咫尺天涯的友人,你们还好吗? 远方的亲人,是不是平安?他挂念悬思,片刻也不得释怀,经常遣书发帖,问一问近况,道一声平安。

书帖的开头,或者末尾,他都要写上一句"顿首"。这是一种行文格式。但细看也不一样,他的"顿首",尤其厚重,有往下压的感觉,看起来很郑重,仿佛可以看到他拱手,引头至地,向着那个挂念的人说,你一定要保重啊!

晚年的时候，王羲之特别想去蜀地一游。

他多次书帖给益州刺史周抚，问及当地山川风物，盐井、火井，你亲眼见过吗？ 成都城池、门屋、楼观，听说是秦时司马错所修，是真的吗？ 汉代讲堂，是汉代时哪个皇帝建立的？ 讲堂上的壁画很精妙，你那里有能画画的人吗？ 想请他临摹下来，能不能办到？

周抚是西晋名臣，镇守蜀地三十余年，两人常有书信来往。给他寄过药草，还寄过邛竹杖。

周抚七十岁时，王羲之书帖祝贺，彼时他年近六十，常年疾病缠身，能活到这样的年纪，他觉得已是很幸运了，只是担心余下的岁月不多了，想去汶岭游览，请周抚保重身体，等待这一时日，不要让这个话成为虚言。

《蜀都帖》中他又说，若有去的结果，会告诉周抚派人来接，人数不要多，到的时候再详叙，等待这个日子的到来，真有度日如年之感。他猜想周抚镇守蜀地，一时没有调动的道理。所以想借着周抚还在蜀地的机会，一起登汶岭、峨眉而归，当是一件不朽之盛事。

这度日如年的等待，不单是因为他身体不好，还有家事羁绊。《儿女帖》中，他告诉周抚，他有七个儿子一个女儿，都是同母所生。孩子们婚嫁的事情基本完成，就差小儿子还没有完婚了。等到小儿子办完这桩婚事，他就可以放心去蜀地游玩了。

他的游蜀计划，最终没有实现。

一个人，一辈子，能有多少时间等呢？人可以等人，但光阴不等人，很多事就是这样，等着等着就没有了机会。都说来日方长，等下次，等将来，等有钱了，等不忙了，等到最后，等来遗憾，等来后悔，等来一场空。

他这一生写过多少书帖，大概谁也无法统计。言为叙事，迹乃含情。作为生活注脚，互通平安声息的承载，他没有刻意把它们当成作品来创作，但因为这份牵挂赋予的温暖人情，于沧浪岁月中沉淀下来，让一代又一代人珍而重之。

《快雪时晴帖》历经多个朝代收藏，到了清代乾隆皇帝的手上，更是如获至宝，放在养心殿西暖阁的三希堂，隔一段时间，就要拿出来看一看，今天盖一个章，隔天再盖一个章，留白处写"天下无双，古今鲜对"，又写"神乎其技"，又写"龙跳天门，虎卧凤阁"，最后大概是没词了，也没地方了，笔墨自上而下一贯到底，写了一个大字：神。

看央视文博探索节目《国家宝藏》，前世今生环节，乾隆皇帝与王羲之穿越时空，梦中相见，被王羲之吐槽。

王羲之：我的《快雪时晴帖》被你糟蹋成什么样了？你数数，被你盖了多少大章？！你盖章就算了，还题字！

乾隆：先生的字高深，我题一些字是让后世看得懂！

对这一卷《快雪时晴帖》，乾隆是发自内心的喜欢。有一年，大臣进献《快雪时晴帖》石刻，他在北海公园特增修了快雪堂，四周由彩绘游廊连接，将石刻镶嵌在东西两廊内壁上，并亲自题写

《快雪堂记》镶于廊内。

有专家对《快雪时晴帖》鉴赏解读,又延伸出两种读法:

第一种:快雪时晴,佳想安善。未果为结力,不次。

第二种:快雪时晴,佳! 想安善。未果为结。力不次。

横看成岭侧成峰,一个标点,变化语义含义若干。读不到原帖,手边的书翻遍,也找不到山阴张候的答复。困顿中读到一首禅诗:白鹭立雪,愚人看鹭,聪者观雪,智者见白。哑然一笑,觉得再作画蛇添足式的评说纯属多余了。

王献之《送梨帖》：晚雪，送梨三百

今送梨三百。晚雪，殊不能佳。

读王献之的《送梨帖》，有一种似曾相识的感觉，后来恍然，是从王羲之的《奉橘帖》化过来的。

王羲之，王献之，听起来就像是小哥俩儿，一起学堂读书，一起课桌习字，哥哥写了一帖，弟弟凑过来看一眼，觉得文辞隽雅通达，于是捉笔效颦，仿照着描摹了一笔。

其实是父子。

王羲之七个儿子：王玄之，王凝之，王徽之，王涣之，王肃之，王操之，王献之。还有孙子王桢之，王靖之。曾孙王悦之。

不论爷孙辈分，一"之"到底，看起来着实奇怪，也不合常理。有人说，是魏晋风度，越名教而任自然，也有考证，是天师道信仰的标志符号。不得而知。倒是想起《兰亭集序》，二十多个"之"字，字字不重样，大概是王羲之经常书写，熟能生巧吧。

王羲之书法，徽之得其势，献之得其源。

徽之明势，造势，借势，顺势，势来不可止，势去不可遏，譬如破竹，数节之后，皆迎刃而解。而天下大势分分合合，非人力所能掌控和把握，那澎湃汹涌之势，终被雨打风吹去，只载得扁舟一叶，顺水而下。

献之求源，源是水流起始处，江河湖海，石塘清溪，汩汩而出，不疾不徐，水过山谷，山自幽之，谷自玄之，而水自潺缓流之，与山石曲折，随物赋形，宛若谦谦君子，渊静自守，处变不惊。

魏晋时代，任诞不羁者众多。学驴叫；扪虱而谈；与猪共饮一瓮酒；穷途末路放声大哭；闻美人殁而往吊之……处处可见惊世骇俗之举。在王氏家族，也有风气影响和传承，王羲之坦腹东床，王徽之蓬首散带。

那是一个标举风骨的时代，也是一个黑暗混乱的时代。政权更迭频繁，仕途多艰，命运多舛，人人岌岌自危，却又无路可退，竹林七贤，隐居茂密竹林深处，酣酒清谈，也躲不掉杀身之祸。人生而自由，却无往不在枷锁中，所谓的魏晋风度，不过是被乱世逼出来的风度。

江湖飘摇，波澜不惊。就像书法，愈是纷杂愈要心静，一笔一勾，方能轻而不浮，繁而不乱。

王献之自幼就跟从父亲学书，结心浩素，知止而后有定，定而后能静，即便父亲猛地从背后抽笔，亦是岿然不动。

他的书法行笔舒缓，淡如远山，濯如春柳，渲染出的清逸玄远之美，恰可以抚慰乱世涂炭里浮沉的心绪，在当时社会受到人们的追捧，声名之盛一度高过父亲王羲之。

很多人登门求书，想得到他的片纸只字，都被他拒绝了。即便是权贵所逼，也不肯摧眉折腰。太元年间，洛阳的太极殿落成，打算让他题写殿上的匾额，他仍是拒绝，认为书法是风流修养之雅事，被人役使，是将自己混同于工匠。

书为心迹，法遵自然，笔墨往来之间，但凭一份机缘。

那一年夏天，他任吴兴太守，午后蝉鸣聒噪，扰得他睡不着，就去拜访乌程县令羊不疑。不巧，羊不疑出门未归，儿子羊欣写字累了，头枕着书桌睡着了。他取来笔墨，本想留一张字条，看羊欣穿着一件白衣，一时兴起，就在上面写了几行字，然后就离开了。羊欣醒后，看到衣服上的字，视为珍宝，挂在书房墙壁上，反复观瞻临写，终有所成。

当时坊间流传一句俗语：买王得羊，不失所望。意思是说，王献之的字没买到，买到羊欣的字，也是一件幸事。南朝梁武帝萧衍不以为然，作书评论，羊欣书如大家婢女为夫人，虽处其位，而举止羞涩，终不似真。

书法史上，王献之和父亲王羲之高峰双峙，并称"二王"。

人情往来上，也是如出一辙，一个奉橘三百，一个送梨三百。

并非认真点数，三百在古代是虚指，很多的意思，日啖荔枝三百颗；会须一饮三百杯。此外还有诗三百，一言以蔽之：思无邪。

书帖上，不写落款，也不提收帖人的名字，化繁为简，连尺牍格式中的顿首，也省略掉了，拳拳心意所至，自有收帖人心领神会。

在他的家乡，浙江会稽山下，有一大片果园。

房前屋后，临窗傍榻，栽种翠竹青青，那是王徽之的最爱，不可一日无此君。其余地方，因地制宜筹谋布局，植花草果蔬，深得暗香疏影之妙。

文人笔耕不辍，墨香里常伴着草木天然。怀素种蕉；林逋种梅；文徵明种紫藤；陶渊明种豆南山下；唐代王维的辋川别墅，更是由种植组成的园林胜景，文杏馆，斤竹岭，柳浪，竹里馆，辛夷坞，茱萸沜，宫槐陌，漆园，椒园……

种植是个技术活，比破笔沁墨更难。

晋代陶渊明，晨兴理荒秽，带月荷锄归，仍是草盛豆苗稀。宋代陆游，懒向青门学种瓜，在山园屡种杨梅，却没有一棵挂果，空有树团团。只有窗下一株枇杷，稀稀落落结了一些，怕被鸟雀啄食，七八分熟，还杂糅一丝酸味时，就喊小书童一大早起床摘下来。

王羲之喜欢种果树，书帖时难免也会有所提及。

《来禽帖》中，托朋友寄来青李，来禽，樱桃，日给藤种子，并叮嘱，最好找个布袋子装着，如果直接封在信函里，种下去往往不能发芽。来禽，是一种水果名，果味甘甜，能招众禽飞至，故有来禽之名。

《胡桃帖》则是答谢，朋友寄来的胡桃果种子，种在田里，绿油油地长起来了。如今在田里只忙着这件事，所以一定要书帖告知，寄来的胡桃果种子，真是太好了。

桃树三年结果，杏子四年挂枝，那些笨笨的梨树，更是慢性子，要等上五年，才有脆甜可口的梨子吃。果树生长有时节有秩序，急不得，静下心来等，也可添一些闲趣。

春天花开满树，可诗词歌赋；夏天枝叶葱茏，遮一地阴凉，可闲敲棋子；秋天落叶如蝶，可临风赏月；冬天大雪纷飞，推窗望远，枯枝皆白，天地间白茫茫一片，红泥小火炉上，温一壶酒，兄弟几人陪父亲喝几杯，谈谈家事，聊聊书法，日子细水长流，缓慢而深长。

王羲之晚年辞官，赋闲在家，经常抱着幼孙，带着他们兄弟几个，到果园子里游玩。摘到甜美的果子，就切开给大家分着吃，由此知道了，橘得霜而甜，霜未降，未可多得；而他也知道了，梨逢秋而摘，晚雪，殊不能佳。

宗白华总结晋人之美，一是向外发现了自然之美，一是向内发现了自己的深情。

《送梨帖》行文虽无新意,但送人梨子,手有余香,其香可久,也是一段佳话。

小时候,邻家有梨园,秋风起兮,枝头累累,都是黄澄澄的梨,一家人摘不过来,到集镇上请了工人,乡村关系融洽和睦,邻居们有得闲的,也主动过去帮忙。

梨园有规矩。树上的梨随便摘随便吃,不拘数量,吃饱管够,但不允许揣到兜里往家带。规矩定得严苛,其实是做给外人看的,等到天黑人散,晚饭掌灯时分,主人会亲自登门,给帮忙的人家每家送上一篮子梨。

物质的可贵,在于赠予之人的情义。有了情义,才有绵绵不绝的滋味。可亲,可怀,可感,可抵御岁月的苦,尘世的乱,人心的凉,抚慰这一路山长水阔的时光。

梨个头大,抱朴守拙,体态憨然,二三十个,就能装满一篮子。沉甸甸的,一只手拎着,很有些吃力。王献之的梨三百,虽是虚数,但也不是一个小数目,得使车马装了。

山阴小院,保留着从前慢的时光,古意幽长,天色暗沉如墨一般漫开,湮没了鸡鸣犬吠,以及老妇稚子的咿呀声,竹林下细雪霏霏,照映着一窗灯火阑珊。

屋里的人坐在矮凳上,将大筐中的梨倒出来,逐个挑选,坏掉的有疤痕的,放到一边,个头硕大且色泽新鲜的,放入竹编的篮子里,再一篮一篮提到马车上。

案几上,砚台中的墨汁结冰了,毛笔也有点冻住了,他呵气

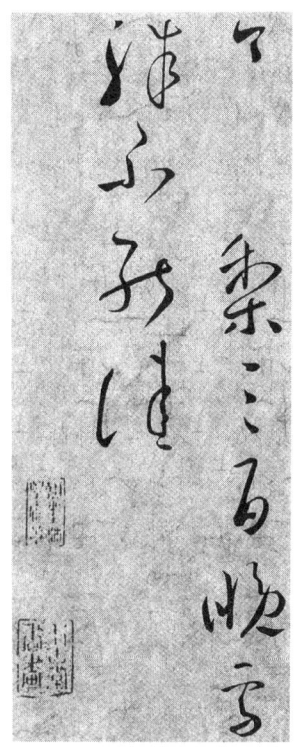

今送梨三百。晚雪,殊不能佳。

化开,不能侧锋纷批,也写不出潇洒跳宕,两行,十一字,增之一字则太长,减之一字则太短,落笔之间不复连绵,字字独立,凝重秀健。墨迹晾干,车马也准备停当,送信的人接过来贴身收好,裹裹身上的棉衣,立刻就出发了。

路途有多远?要送的人是谁?

两千年后的今天,已经成为一个不解的谜。但可以肯定的是,收到并展开这封信的时候,信纸上捎来的幽微梨香,以及这份记挂惦念的情意,一定会让对方珍而重之,所以才有了这上千年的流传。

殊不能佳。有人解释为天气状况很不如意,但我觉得说的是梨。梨是秋果,秋收冬藏,能一直存放到冬天,完好而不腐烂,不容易。

我知道的储存方式有两种。一是窖藏,背风向阳的地方,挖一个坑,梨放在里面,用秫秸席子盖住,保持通风,可以吃到来年春天。一是冰冻,入冬后放在室外,或埋入雪堆,冻成乌黑的冰疙瘩。吃的时候,置凉水中浸泡,化透后捞出。

不知道王献之用的是哪一种,也许另有妙法,独辟蹊径。

苏轼评《送梨帖》:君家两行十二字,气压邺侯三万签。

柳公权小楷题跋,用了两个典故:珠还合浦,剑入延平,一是失而复得,一是得而复失,唏嘘之处,是掩不住的喜欢。

单就帖名而论,我更喜欢这个"送"字。王羲之的奉橘,"奉"是敬词,多用于下级对上级,或晚辈对长辈。"送"则是平等的，是朋友之间的情意之美，像长亭古道，灞桥折柳。

季节已是深冬。雪迟迟不来，天气干燥，人也容易生病。梨恰好有生津润肺，止咳化痰的功效。这三百只梨，相当于雪中送炭了。

图书在版编目（CIP）数据

册页晚：古书法名帖里的禅意之美 / 冯辉丽著. -- 南京：江苏凤凰文艺出版社, 2019.6（2024.3 重印）

ISBN 978-7-5399-8845-0

Ⅰ. ①册… Ⅱ. ①冯… Ⅲ. ①散文集－中国－当代 Ⅳ. ①I267

中国版本图书馆 CIP 数据核字(2018)第 271951 号

书　　　名	册页晚：古书法名帖里的禅意之美
著　　　者	冯辉丽
责 任 编 辑	胡　泊
出 版 发 行	江苏凤凰文艺出版社
出版社地址	南京市中央路 165 号，邮编：210009
出版社网址	http://www.jswenyi.com
印　　　刷	南京新洲印刷有限公司
开　　　本	880×1230 毫米　1/32
印　　　张	8.375
字　　　数	180 千字
版　　　次	2019 年 6 月第 1 版　2024 年 3 月第 2 次印刷
标 准 书 号	ISBN 978-7-5399-8845-0
定　　　价	39.80 元

（江苏文艺版图书凡印刷、装订错误可随时向承印厂调换）